# L'INITIATION DE STELLA

Dépôt légal Bibliothèque nationale
du Québec.

ISBN : 978-2-924113-08-0

Couverture : photographe, Len Kaltman ;
modèle, Chelsea Christian ; photocomposi-
tion et montage, Philippe Roy.

Les personnes représentées sur la couverture
sont des modèles professionnels. Leur image
en couverture ne signifie d'aucune façon qu'il
endossent le contenu de ce livre en tout ou
en partie.

Éditions les Chemins Obscurs

http://cheminsobscurs.com

# L'INITIATION DE STELLA

## E1 : L'EXAMEN MÉDICAL
## E2 : LA FIANCÉE D'ORION
## E3 : OUI, MON COLONEL

ANNIE MAY

# L'UNIVERS D'ESCADRON BIO SUPER ÉLITE

En 2095, les manipulations génétiques ont créé des monstres énormes qui déciment les campagnes et menacent l'agriculture. Ces bêtes, hybrides entre végétaux et animaux, démontrent un appétit sexuel aussi démesuré que leur taille. Les nombreux viols qui en résultent ont engendré des générations entières de mutants, traités comme des citoyens de seconde catégorie.

Pour sauver ce qui reste, l'humanité ne peut compter que sur un escadron de soldates : l'Escadron Bio Super Élite. Grâce à leur pouvoir sexuel, ces femmes contrôlent des monstres domptés, blindés et armés afin de combattre leurs semblables : les Convertis.

Stella, elle-même mutante, née de mère inconnue, aspire à devenir une de ces femmes, mais elle devra d'abord faire ses preuves. Et la compétition s'annonce féroce…

# L'EXAMEN MÉDICAL

*Le colonel Craggs est bien plus beau en vrai.*

Stella avait senti qu'un homme la suivait dans le stationnement ensoleillé. Elle était habituée à être suivie, surtout quand elle portait cette jupe si courte. L'homme s'était rapproché, au point que son ombre large était venue rafraîchir ses épaules à moitié nues qui cuisaient au soleil. Puis il l'avait dépassée, et elle put le regarder par-derrière. D'âge mûr, il était grand, mince, mais costaud, les fesses bien dures roulant dans un pantalon impeccable. Il portait l'uniforme des officiers.

Ce n'est que lorsqu'ils étaient arrivés à la porte, quand elle vit le visage de l'homme se refléter dans la vitre, qu'elle le reconnût.

Le colonel Craggs.

Fondateur de l'Académie.

Chef de l'escadron Bio Super Élite.

Bienfaiteur de l'humanité.

Il ouvrit la porte et lui céda le passage avec un sourire radieux. Elle n'osa pas bouger.

« Je ne vous ai jamais vue. Vous travaillez ici ?

— Non… Enfin pas encore.

— Vous venez vous inscrire comme aspirante cadette ?

— Oui, c'est ça.

— Je suis le colonel Craggs.

— Ho ! Je sais qui vous êtes. »

Tout le monde savait qui il était. Tout le monde n'enregistrait pas nécessairement ses entrevues à la télé, et tout le monde n'avait pas sa photo affichée au mur de sa chambre, mais tout le monde le connaissait.

« La jeune fille à l'accueil est Laura, une de nos meilleures cadettes. Adressez-vous à elle, et elle vous dira où vous devez vous présenter. Bienvenue parmi nous ! »

Il était très beau et très gentil aussi, mais son « bienvenue » était prématuré. Il y avait un examen médical à passer, puis des mois d'entraînement et de sélection avant d'avoir le droit de porter le simple titre de cadette. Elle lui en était d'autant plus reconnaissante. Elle avait rêvé rencontrer le colonel Craggs un jour, s'entretenir avec lui, recevoir ses ordres ; elle n'avait jamais rêvé qu'il lui ouvrirait la porte, ni qu'il serait aussi aimable.

Stella le regarda s'éloigner, l'appréciant dans toutes ses trois dimensions. Elle avait pensé à lui, regardé sa photo quand Richard la prenait par-derrière, et voilà qu'elle le laissait partir sans même avoir osé se présenter.

*Quelle gourde je fais !*

La femme qui travaillait à l'accueil — Laura — portait un uniforme militaire. Elle semblait jeune, peut-être une cadette des classes avancées. Le contraire de Stella : elle était brune, les cheveux étroitement liés en queue de cheval, les seins menus. Ceux de Stella semblaient toujours vouloir jaillir de tout ce qu'elle portait. Sous la table, la jupe courte et largement échancrée des pilotes libérait deux jambes musclées et lisses. Son visage était sévère, le regard encadré par des lunettes étroites. Elle fixait Stella alors qu'elle approchait, semblant la juger.

« C'est pourquoi ?

— Je suis Stella. Je suis inscrite en pilotage. »

Laura fit mine d'être surprise. Elle chercha sur sa feuille, raya un nom. « Vous êtes attendue. Prenez ce couloir, il vous mènera au vestiaire. Déshabillez-vous là et attendez. On viendra vous chercher. »

Le couloir était long et froid, bordé de portes, certaines ouvertes. Des salles de classe, des laboratoires où travaillaient des hommes et des femmes vêtus de blanc. L'Académie n'était pas que le centre de formation de l'escadron Bio Super Élite ; c'était aussi là que l'on élevait, dressait, entraînait et équipait les Convertis. Parfois, dans un atelier, elle voyait des gens travailler sur une arme gigantesque. L'odeur était unique, un mélange de fer et de sève. Quand elle passait, les hommes relevaient la tête pour la regarder avant de se remettre au travail.

Dans le vestiaire, trois autres filles attendaient déjà. Aucune ne remarqua Stella quand elle entra. Elles conversaient joyeusement. Celle qui parlait le plus fort était une jolie blonde mince et gracieuse, le regard vif et la poitrine menue. « J'attends ce jour depuis si longtemps !

— Tu n'es pas nerveuse ? »

Celle qui lui avait répondu était une splendide mulâtre. Un t-shirt court révélait un tatouage spectaculaire dans son dos.

« Pourquoi ? Mon entraîneuse m'a dit que j'étais fin prête.

— Tu as une entraîneuse privée ? Qui ?

— Anna Grey. Et toi ?

— J'ai assisté à une conférence de Martha Black Flag et à quelques-unes de ses périodes d'entraînement. »

Stella n'aurait jamais eu les moyens de se payer ces camps et ces conférences. Elle n'osait même pas imaginer combien pouvait demander Anna Grey pour préparer une aspirante. Elle avait lu ses livres, bien sûr, mais pour le reste elle avait dû se débrouiller toute seule avec du matériel improvisé. Quand elle serait aussi pilote à la retraite, peut-être allait-elle publier un livre sur l'usage inventif des légumes.

La troisième fille, Asiatique d'origine, manipulait ses vêtements nerveusement, sans se résoudre à les enlever. « Devons-nous nous déshabiller complètement ?

— Je ne sais pas. Et toi, comment t'es-tu entraînée ?

— Mon père m'a fait entrer dans une école spéciale de préparation.

— Ça existe ? Je n'en ai jamais entendu parler.

— Il y en a une seule, au Japon. »

Stella retint un soupir. Les Japonais jouissaient d'une avance considérable dans le domaine de la lutte contre les aberrations. Elle regardait fixement les casiers, espérant qu'aucune des filles ne lui pose de question.

Stella commença à enlever sa jupe, cherchant des yeux où se trouvaient les vêtements qu'elles porteraient pour l'examen. Il devait y avoir une sorte de jaquette. C'est à ce moment que la blonde la remarqua. Elle lui tendit la main, souriante.

« Je suis Bethy. »

Stella lui sourit timidement. Elle avait du mal à soutenir le regard de Bethy, qui semblait la sonder, la fouiller, évaluer son potentiel en tant que rivale. Elles étaient peut-être quatre à subir leur examen médical ce jour-là, mais Stella savait qu'il y aurait au moins une centaine d'aspirantes en tout. La moitié d'entre elles seraient refusées à la suite de l'examen. À la fin, elles ne seraient que trente admises. La compétition serait féroce pour ces places convoitées.

Les deux autres filles ne bougèrent pas, n'esquissèrent pas un geste pour la saluer.

L'Asiatique commença à se déshabiller. Les autres l'imitèrent lentement, comme si elles avaient attendu que l'une d'elles se décide.

« Vous avez vu ce que nous devons porter ? » Stella n'osait enlever ses sous-vêtements. Elle vit du coin de l'œil la mulâtre retirer son t-shirt. Elle ne portait aucun soutien-gorge. Elles purent voir en entier le tatouage compliqué qui couvrait son dos en entier puis, quand elle se retourna, une poitrine ferme que lui envia immédiatement Stella.

Bethy hésita longtemps avant d'enlever sa jupe, et Stella comprit pourquoi. Elle avait voulu se conformer à l'usage chez les pilotes et ne portait pas de slip. Tout de même pudique, elle garda son soutien-gorge. Le vestiaire n'était pas plus chaud que le couloir ; les filles se mirent bientôt à greloter.

Quelques minutes plus tard, une autre fille vint les rejoindre. Elle était un peu plus grande que Stella, mince, les cheveux bruns et ondulés tombant par vagues harmonieuses au milieu de son dos. Elle avait des yeux magnifiques, étroits et très foncés, et un sourire timide qui venait les illuminer par la chimie mystérieuse du visage. Vêtue d'un maillot et d'un simple short, on devinait sans mal un corps aux proportions de rêve qui inspira à Stella trouble et jalousie. Elle lui enviait tout, à commencer par cette poitrine presque aussi épanouie que la sienne, mais plus hardie. C'était la plus belle femme qu'elle avait jamais vue. Pourtant elle se tenait là, gênée de se trouver en présence de quatre filles à demi nues, peut-être affolée à l'idée de devoir se dévêtir aussi. Sans que Stella sache pourquoi, elle se présenta à elle seule. « Je suis Clara. »

Stella dit son nom en rougissant de plus belle.

Une femme entra dans la pièce d'un pas sec. Elle était grande, les cheveux comprimés en un chignon étroit, l'air féroce. Elle portait l'uniforme des pilotes. Son insigne révéla à Stella qu'elle était sergente. Les filles se mirent instinctivement au garde-à-vous. Stella détestait cette position, qui projetait son opulente poitrine vers l'avant.

« Vous n'êtes pas encore déshabillées ? Allez hop ! Vous êtes déjà en retard. »

Piquées au vif, les filles achevèrent d'enlever leurs sous-vêtements. Clara, encore tout habillée, se dépêcha le plus possible, s'empêtrant dans ses vêtements.

Stella aurait bien voulu poser des questions, mais elle n'osait pas. Elles n'allaient tout de même pas recevoir leur examen là, dans le vestiaire ? Elle plia ses vêtements soigneusement, honteuse de son corps plantureux, de ses seins si gros qui la gênaient à l'entraînement. Le geste tremblant, elle fut la dernière à retirer son soutien-gorge.

« Il ne faudra pas vous gêner comme cela à l'avenir. Ici, vous n'avez pas fini de vous voir toutes nues. »

Les culottes tombèrent, puis les filles se remirent au garde-à-vous, exposant leurs corps à l'examen de la sergente.

« Nous allons maintenant courir jusqu'à la salle d'examen. »

Stella ne put se taire. « Nous ne recevons pas d'abord nos uniformes ?

— Vous êtes complètement idiote ? Comment voulez-vous que l'on vous donne des uniformes sans avoir pris vos mesures ? »

Elle passa devant elles, regardant leur entrejambe, satisfaite, jusqu'à ce qu'elle arrive devant Stella et Clara. « Vous êtes vraiment bête. Il faut avoir la chatte tondue pour passer l'examen médical. »

Stella baissa les yeux, honteuse. Elle avait peur d'être rejetée, là tout de suite. Elle vit que Clara avait aussi gardé sa toison brune. « Les deux idiotes, allez au magasin. On vous tondra, et rendez-vous ensuite à l'infirmerie. Les autres, avec moi. »

Stella fit un geste pour reprendre ses vêtements. « Qu'est-ce que vous faites là, idiote numéro un ? »

Stella sursauta. « Je dois me rendre au magasin…

— Vous allez y aller comme ça ! Vous ne pensez pas que vous nous avez fait perdre assez de temps ? Vous allez au magasin, puis vous venez directement nous rejoindre à l'infirmerie. »

Clara demanda : « Où se trouve le magasin ?

— Il faut passer par l'accueil, on vous renseignera là. »

Clara et Stella s'engagèrent dans le couloir, cachant leur nudité de leur mieux avec leurs mains. Stella se souvenait de son trajet à l'allée, des portes ouvertes et des hommes qui l'avaient regardée passer. Elle était certaine que, d'habitude, ces portes restaient closes. Si on les ouvrait maintenant, c'était dans l'espoir de regarder passer les gourdes qui ne s'étaient pas épilées avant leur examen.

Elle ne s'était pas trompée. De la première salle qu'elles croisèrent, les hommes, et même quelques femmes, avaient les yeux braqués sur le couloir. Les jeunes filles détournèrent le visage et continuèrent leur route, sous les applaudissements et les encouragements des techniciens et des ingénieurs.

Stella se dit que c'était là son premier test. Il y aurait d'autres insultes, d'autres humiliations, en partie pour chasser les filles moins motivées, en partie pour leur « casser le civil », comme on disait dans l'armée.

Malgré sa résolution, Stella tremblait de honte chaque fois qu'elle passait devant une porte. Elle courait alors en se fermant les yeux, tentant, du mieux qu'elle le pouvait, d'ignorer les sifflets. Stella était à l'agonie quand elles arrivèrent à l'accueil. Plusieurs personnes étaient là, des civils, des hommes et des femmes, qui venaient prendre des renseignements. Par les portes vitrées, on pouvait voir le stationnement et Stella n'osa pas regarder si d'autres gens s'y trouvaient. Les deux jeunes femmes s'accroupirent pour cacher le mieux possible leur nudité et avancèrent lentement, les jambes serrées, les yeux collés à terre pour ne pas croiser les regards. Pour retrouver Laura, la fille de l'accueil, Stella chercha ses jambes. Près d'elle, il y avait des chaussures d'homme. Pas des bottes, donc c'était certainement un officier.

« Nous cherchons le magasin, s'il vous plaît.

— Couloir de droite. Dépassez la cafétéria, c'est tout au bout. »

C'était l'homme qui avait parlé. Stella avait reconnu sa voix. Elle ne put s'empêcher de le regarder en face. Au sourire radieux du colonel, elle sentit rougir de la tête aux pieds. Elle n'osa pas un salut, pas une parole. Son instinct lui commanda de courir, et elle lui obéit, suivie de près par Clara.

Le couloir était largement ouvert sur la cafétéria. Quelques militaires se trouvaient là — des officiers, surtout des femmes, mais aussi quelques hommes — qui prenaient le petit déjeuner. Morte de honte, Stella détourna la tête ; derrière elle, le moindre son avait cessé et elle les imaginait sans mal, les yeux fixés à ses fesses. Pour les oublier, elle chercha quelque chose qui retiendrait son attention. Face à elle, il y avait un présentoir vitré présentant les photos des cadettes promues dans les années passées. Elle se demanda combien d'entre elles avaient vécu la même chose en leur temps. Les encouragements commencèrent à s'élever et, dans le reflet de la vitre, elle vit que tout le monde les fixait avec amusement. Elle pressa plus fort ses seins et accéléra. Malgré elle, des larmes de honte roulaient sur ses joues.

Heureusement, le magasin était bien là. En courant les yeux presque toujours baissés, Stella avait craint de s'égarer.

Clara semblait aussi troublée que Stella, mais elle ne pleurait pas.

Le magasinier était un militaire. Il les regarda approcher sans surprise, les regardant toutes les deux de haut en bas avec un sourire satisfait.

« Alors, mesdemoiselles, que vous faut-il ?

— Nous venons pour la tonte, dit Clara en tremblant.

— La tonte ? La tonte de quoi ? »

Les filles restaient là, incapables de parler.

« Alors, répondez ? Que voulez-vous que je vous tonde ? »

Une femme arriva, en uniforme d'officier pilote. Elle regarda durement les deux nouvelles qui tremblaient de froid et d'embarras.

« Attendez mes jolies. Je dois répondre à la demande de la lieutenante. »

La lieutenante demanda une caisse de lubrifiant. Le magasinier parti en chercher, elle s'adressa aux aspirantes cadettes. « Vous vous seriez évité cette humiliation en étant mieux préparées. »

Stella acquiesça d'une voix si faible qu'elle ne sut pas si la lieutenante l'avait entendue.

« Vous, la blonde, c'est votre couleur naturelle ? »

Stella fit signe que non.

« Montrez-moi votre toison. »

En tremblant, Stella retira la main qui cachait son mont de Vénus. Les poils, rarement exposés à la lumière, étaient pâles, mais leur teinte verdâtre pouvait difficilement passer inaperçue à un œil exercé.

« Vous devriez cesser de vous teindre les cheveux. Il n'y a pas de honte à être métisse ici, beaucoup des filles le sont. Et vous la brune ?

— Je suis humaine, lieutenant.

— Bien ! »

Le magasinier posa la caisse de lubrifiant sur le comptoir. Stella se doutait bien que la lieutenante n'en avait pas besoin pour son usage personnel.

« Si vous passez l'examen médical, nous nous reverrons en classe de pilotage. »

Son pas sec résonnait dans le couloir. « Avec de la chance, dit le magasinier, vous allez utiliser bientôt ce lubrifiant. Alors, que voulez-vous que je vous tonde ? »

Clara trouva en premier la force de parler. « La vulve.

— Pardon ?

— Je veux me faire tondre la vulve, s'il vous plaît, monsieur.

— Excellent. Et vous ?

— Moi aussi.

— Vous aussi quoi ? »

Stella comprenait bien que ça l'excitait de l'humilier en la forçant à prononcer les mots, mais elle n'avait pas le choix si elle ne voulait pas passer toute la journée toute nue dans le couloir.

« Je veux me faire tondre la vulve moi aussi, monsieur.

— Qu'est-ce qu'on dit ?

— S'il vous plaît, monsieur.

— Voilà ! C'est pas si compliqué d'être aimable. Attendez là. »

Il alla leur ouvrir la porte à côté du comptoir. Elles entrèrent aussi vite que possible. Il leur désigna un siège surélevé muni d'étriers. Clara s'installa la première. Les pieds sur les étriers, ses jambes étaient bien écartées. Elle retira la main qui cachait son sexe et la posa sur sa poitrine. Sa chatte était étroite et ferme, comme celle de Stella. Le magasinier la tondit soigneusement, visiblement heureux de son travail. À présent, Stella voyait bien comme Clara avait plus de courage qu'elle ; pas une seconde elle ne quitta le magasinier des yeux. Une fois le sexe bien tondu, l'homme le nettoya avec une éponge, écartant les lèvres de ses doigts, frottant parfois doucement, et Clara ne put retenir un gémissement. Même s'il était clair qu'il abusait de la situation, elle ne protesta pas.

Ce fut bientôt le tour de Stella. Elle grimpa sur le siège, écarta ses jambes exposant son sexe ouvert, retenant des sanglots alors que ses larmes coulaient en abondance. Le magasinier se mit au travail sans se soucier de sa honte. Le métal de la tondeuse était froid et les mains de l'homme, brûlantes. Elle gémit, d'embarras croyait-elle. La cloche du magasin sonna. Au comptoir, un groupe d'hommes, de jeunes soldats, attendaient, la regardant en souriant. Le magasinier se leva. « Reste comme ça. Ne bouge surtout pas. »

Elle cacha tout de même son sexe. Ses larmes coulaient maintenant en torrents. Ils étaient cinq garçons, à peine plus âgés qu'elle, décidés à ne rien rater du spectacle. Clara se tenait debout à côté. Elle aurait pu aller se cacher derrière les caisses de matériel, mais elle resta là, immobile, comme pour distraire l'attention des hommes, pour soulager Stella du mieux qu'elle le pouvait.

Dans la main de Stella, le contact de sa chatte en partie rasée semblait curieusement étranger. Elle sentit un flot de liquide chaud sous ses doigts. Elle craignit un moment d'avoir uriné par nervosité, mais elle se rendit vite compte de son erreur. Exposée à la vue de ces hommes, manipulée, elle n'avait jamais ressenti une telle excitation. Involontairement, comme dans un spasme, elle glissa sa main de haut en bas sur son clitoris et éprouva un vif soulagement. Elle cessa immédiatement, terriblement embarrassée, mais avec l'envie presque irrésistible de recommencer. Pour éloigner la tentation, elle esquissa un mouvement pour retirer sa main. Avaient-ils remarqué son geste ? Voyaient-ils les ruisseaux que l'excitation faisait couler entre ses cuisses, entre ses fesses ? Désobéissant au magasinier, elle pressa ses jambes l'une contre l'autre. Cela colla sa main plus étroitement contre sa chatte, forçant un doigt à pénétrer ses lèvres, provoquant un plaisir qu'elle espéra avoir réussi à dissimuler.

Le magasinier, ayant donné aux hommes ce qu'ils étaient venu chercher, leur ordonna de déguerpir. Il dut insister, car les garçons hésitaient, le regard passant d'une fille à l'autre. Il ne la gronda pas quand il vit qu'elle serrait les cuisses, mais il lui demanda de se remettre en position. Elle s'exécuta, tremblante et insatisfaite. Si Clara n'avait pas été là, elle aurait demandé à ce magasinier qui la dégoûtait de la baiser tout de suite, juste sur ce siège.

Sa chatte était complètement trempée. Cela ne pouvait pas avoir échappé à l'homme. Il termina son travail sans se presser. À tout moment cependant, elle sentait ses doigts qui l'effleuraient, glissant exprès sur son clitoris alors qu'il finissait de la tondre, puis la frottant avec trop d'instance avec l'éponge. Comme Clara, elle ne dit pas un mot. Elles quittèrent le magasin, les courants d'air du couloir faisant frissonner leur peau nue.

Stella ne fit pas trois mètres. Voyant la porte des toilettes, elle la poussa, entra et s'appuya sur un lavabo. Quand elle vit son visage dans le miroir, elle éclata en sanglots.

Clara l'avait suivie. Elle déposa ses mains sur ses épaules et se serra contre elle, les seins pressés contre son dos. « Ça va aller.

— Je ne pourrai jamais retourner là-bas !

— Tu ne veux plus devenir pilote ? »

Stella ravala un moment ses pleurs. Devenir pilote était son seul rêve, ce qui l'avait tenue vivante dans la suite d'épreuves qu'avait été sa vie de métisse. Le pilotage était aussi la seule voie qui permettait à une métisse d'échapper à sa condition.

« J'ai tellement honte !

— Il n'y a pas à avoir honte. Tu es excitée par l'humiliation. Beaucoup de gens le sont. »

Ainsi, elle avait vu son humidité ? Avait-elle remarqué ses mouvements involontaires, ses gémissements de plaisir et de soulagement ?

« Va dans une cabine et touche-toi. C'est la seule manière de passer l'examen.

— Comment ?

— L'examen sera beaucoup plus humiliant que ce que nous avons vécu. Si tu perds les pédales à ce moment, tu ne seras jamais admise. Tu dois soulager ton désir tout de suite. Vite, nous avons déjà du retard. »

Stella regarda les cabines dans le miroir. L'idée la paralysait.

« Je ne pourrai jamais, avec toi dans la pièce.

— Je ne peux pas t'attendre dehors, Stella, je suis toute nue. C'est humiliant pour moi aussi. »

Stella approcha une main de sa chatte, arrêtant son geste. « Je ne pourrai jamais. »

Clara plaqua sa main sur le sexe de Stella et commença à la masser. Stella se cambra, stupéfaite, mais la chaleur et le soulagement qu'elle ressentit aussitôt l'empêchèrent de protester. De son autre main, Clara saisit une de ses fesses, puis glissa deux doigts à l'intérieur d'elle. Stella se révolta contre cette intrusion sans pouvoir quoi que ce soit pour l'arrêter. Elle pensa que quelqu'un pourrait entrer et les surprendre à n'importe quel moment, et cette simple pensée l'excita à nouveau davantage. Elle jouit très vite, étouffant son cri dans sa main.

Les deux filles couraient dans le couloir. Leurs pas semblaient plus légers et, même si elles accéléraient quand elles devaient passer devant les portes ouvertes, elles souriaient.

Elles étaient conscientes d'avoir pris du retard, mais elles ressentaient moins lourdement le regard des gens qu'elles croisaient. Stella ressentait une certaine fierté se mêler à son embarras lorsqu'elle entendait les sifflets. Elle était honteuse d'avoir cédé aux caresses de Clara, mais elle lui en était en même temps reconnaissante. Son orgasme si brutal lui avait permis d'évacuer de la pression. Et l'humiliation qui la terrassait quelques minutes auparavant lui semblait maintenant presque normale, un passage obligé afin d'atteindre cette nouvelle vie dont elle avait toujours rêvé.

C'est dans cet état d'esprit qu'elles parvinrent à l'infirmerie. Un regard hostile de la sergente les glaça sur place. « Vous en avez mis du temps ! Voyons le travail. »

Elles se placèrent au garde-à-vous. Rhys observa leur sexe tondu d'un air de dédain.

« Avoir la vulve bien rasée est primordial pour le métier de pilote. C'est une question d'hygiène. »

Elle se tourna vers l'infirmière, une blonde à l'air avenant, un peu plus petite que Stella et de proportions plus menues. La couleur de ses yeux, un vert émeraude particulièrement uniforme, ne pouvait tromper personne : c'était une métisse. Stella n'était donc pas la seule à se teindre les cheveux. Elle ressentit immédiatement pour elle une vive sympathie.

L'infirmière s'accroupit. Sa jupe, aussi courte que celle des pilotes, remonta sur ses cuisses jusqu'à révéler une culotte de dentelle blanche presque transparente. Elle examina le sexe des deux jeunes filles. Celui de Stella luisait encore de plaisir. « Ça ira », dit-elle en souriant. Sa voix était flûtée.

« Vous, la grande gourdasse, quel est votre nom ?

— Clara, chef.

— Aspirante Clara, vous passez la première. »

Clara avança devant les autres, qui étaient restées au garde-à-vous tout ce temps. Elles étaient toujours toutes nues et Stella put voir des inscriptions au feutre partout sur leurs corps. Chacune avait son nom écrit juste sous sa clavicule. La mulâtre se nommait Daisy, la Japonaise Annie. Il y avait des chiffres aussi, inscrits sur leurs poitrines, leurs ventres, leurs fesses, peut-être à d'autres endroits que Stella ne pouvait pas voir.

« Par élimination, je suppose que vous êtes la gourdasse Stella ? Allez rejoindre les autres dans le rang et attendez votre tour. »

En avançant, Stella sentit sa honte grandir à nouveau. Les trois autres filles avaient toutes la chatte soigneusement rasée ; sur la sienne, la tondeuse n'avait pu effectuer qu'un travail grossier. Toutes ces filles lui semblaient plus en forme qu'elle, plus adéquates.

L'infirmière s'adressa à Clara. « Je vais commencer par actionner les caméras. Le règlement exige que l'examen soit filmé en entier. Ces enregistrements sont confidentiels. »

Clara opina du chef, résignée. Alors l'examen put débuter.

L'infirmière commença par écrire le nom de Clara sur sa poitrine, juste sous la clavicule. Puis elle la pesa et inscrivit son poids sur son ventre. Elle la mesura et inscrivit sa taille juste sous son nom. Clara dut dresser les bras au-dessus de sa tête, soulevant sa poitrine ferme, et l'infirmière prit ses mensurations, inscrivant le chiffre sur son corps à l'endroit correspondant. Les beaux yeux de Clara, si rieurs alors qu'elle caressait son amie, étaient devenus tristes et troublés. Les mensurations de Clara étaient pourtant très flatteuses, et Stella savait qu'elle ne pouvait soutenir la comparaison. Sans trop comprendre en quoi de telles mesures pouvaient influencer le talent d'une pilote, elle sentait déjà grandir en elle l'humiliation. Immédiatement, elle se rappela ce que Clara lui avait dit ; et si l'humiliation l'excitait ? Est-ce qu'elle se mettrait à mouiller ses cuisses devant tout le peloton et devant cette sergente si dure ? Juste à l'idée, elle se mit à trembler et sentit l'humidité la gagner.

« Clara, j'aimerais que tu montes sur la table d'examen et que tu te mettes à quatre pattes, le derrière dirigé vers moi. »

Clara s'exécuta, embarrassée, mais sans hésitation. Ainsi installée, sa chatte était directement exposée au peloton. Stella savait que son tour viendrait bientôt. Elle ne pouvait pas demander un examen privé : une pilote qui hésitait devant une telle exposition n'avait clairement pas sa place dans l'escadron. Clara regarda Stella par-dessus son épaule, semblant lui dire : « courage ».

L'infirmière mesura les grandes lèvres de Clara, puis la distance qui séparait son clitoris de son vagin et son vagin de son anus. Comme toujours, elle prenait les notes directement sur le corps de sa patiente. « Clara, je vais devoir prendre des photos. Je veux que tu empoignes tes fesses et que tu les écartes le plus possible. »

Stella était à l'agonie. Les autres filles avaient toutes subi cet examen ? Comment alors pouvaient-elles afficher ce calme ?

*Peut-être que c'est ma honte qui est anormale. Peut-être que je ne suis pas assez préparée...*

L'infirmière enfila des gants de latex. Elle palpa le sexe de Clara en entier, écarta les lèvres, puis massa le clitoris entre le pouce et l'index. Clara ne broncha pas. L'infirmière introduisit alors un doigt en elle. « Bonne lubrification naturelle, c'est bien. »

*Bonne lubrification naturelle ? Elle va être servie !*

« Maintenant, nous allons procéder aux mesures internes. Je veux que tu te détendes le plus possible, Clara. »

Pendant que Clara restait accroupie, les mains tirant ses fesses afin de bien s'exposer à la caméra, l'infirmière sortit de la pièce. Clara regarda encore une fois Stella, bien dans les yeux, et cela la réconforta. Si Clara réussissait si bien, elle le pouvait aussi.

L'infirmière revint bientôt avec un chariot d'aluminium sur lequel se trouvaient quatre objets emballés dans du papier bleu. Elle prit le plus petit et le déballa. C'était un godemichet de modeste dimension. « Ta lubrification naturelle est suffisante, je crois. Si je te fais mal, dis-le-moi et nous arrêtons tout. »

Le godemichet entra sans problème — Clara ne devait pas avoir senti grand-chose. Le deuxième était plus grand.

*La taille de la bite de Richard. Aucun souci.*

Le troisième godemichet était considérablement plus grand, la taille du membre de cet ami que Richard avait invité et dont elle n'avait jamais su le nom. Cette fois, Clara frémit en le sentant entrer en elle. L'infirmière était délicate, ne l'enfonçant que par petits coups saccadés, avec des mouvements de va-et-vient peut-être un peu trop accusés. À la fin, le godemichet était inséré en entier. « Tu t'en sors très bien, Clara. »

Le quatrième godemichet était énorme. Stella sentit à côté d'elle les filles se cambrer. Avaient-elles vraiment accepté cette bûche en elles ?

« Je déteste me répéter, dit la sergente, mais j'y suis obligée à cause de ces deux sottes. Ce godemichet a la taille moyenne des pistils sexuels des convertis que vous aspirez à piloter. Vous aurez donc à vous insérer des organes de cette taille sur une base quotidienne à l'Académie. »

Clara se retourna, vit ce que l'infirmière se préparait à insérer en elle et ses beaux yeux s'arrondirent.

« Tu n'es pas obligé de le prendre pour passer le test, dit l'infirmière. Les pistils sont plus souples et l'entraînement viendra développer ton bloc pelvien.

— Allez-y. »

Cette fois, l'infirmière ajouta du lubrifiant. Elle déposa avec précaution la tête de l'objet entre les lèvres. Ses hésitations ne laissaient place à aucun doute : la plupart des filles échouaient cette partie du test.

L'infirmière poussa un peu plus, et Clara ne put réprimer un petit cri.

« Ça va, Clara ?

— Oui, vous pouvez continuer.

— En es-tu certaine ? Veux-tu que je rajoute du lubrifiant ?

— S'il vous plaît, oui. »

Stella se demandait si elle devait tenter comme Clara de prendre ce gros godemichet. Réussir là où d'autres avaient échoué lui assurerait peut-être sa place à l'Académie ? Elle s'était entraînée à insérer de gros objets, mais rien de la dimension de celui-ci.

L'infirmière tenta encore de glisser le godemichet en Clara, mais celle-ci ne put retenir un cri perçant. L'infirmière décréta que cela mettait fin à cette partie de l'examen.

« Nous pouvons aussi prendre les mesures de l'orifice secondaire, mais ce n'est pas obligatoire. Ça donne quelques points bonus. »

Clara refusa d'un signe de tête précipité.

« Comme tu veux Clara. Maintenant, je dois encore prendre des photos. »

L'infirmière écarta les doigts de Clara là où ils cachaient ses mensurations et photographia à plusieurs reprises le derrière exposé.

« C'est très bien. Maintenant, relève-toi, face au peloton, mets tes mains sur ta tête et écarte tes pieds pour qu'ils soient vis-à-vis tes coudes. »

Clara se plaça debout, juste face à Stella. Elle lui adressa un sourire rassurant.

« Nous allons maintenant évaluer la force de tes muscles pelviens. Je vais insérer un godemichet que je vais lester progressivement. Tu dois le garder en toi le plus longtemps possible sans bouger. »

L'infirmière inséra un godemichet de verre dans le sexe de Clara. L'instrument devait peser assez lourd en lui-même, mais Clara tint bon. L'infirmière s'accroupit, exposant sans gêne son entrejambe à peine dissimulé par sa culotte transparente. De là, elle accrochait au godemichet de petites pesées de plomb. Quand le godemichet glissa, l'infirmière inscrivit « 200 grammes » sur le pubis tondu. Stella était désolée pour Clara ; elle savait qu'elle pouvait faire beaucoup mieux.

L'infirmière prit une dernière série de photographies du corps de Clara. « Je te remercie Clara, c'est tout pour l'instant.

— Gourdasse Stella, c'est à vous. »

Stella avança, tremblante. Cet examen était plus embarrassant que la séance de tonte. Toutes ces filles, même Clara, étaient des rivales qui allaient la juger.

Alors qu'elle se prêtait à la mesure de ses hanches, de sa taille et de sa poitrine, elle ressentait déjà une vive humiliation. Elle se trouvait trop grosse, elle avait honte de sa poitrine épanouie et de ses fesses plantureuses. Elle n'arrivait pas à oublier la caméra, et la regarda furtivement à quelques reprises. Est-ce que le colonel Craggs regardait les examens des aspirantes ? Elle ne savait pas si cette idée lui plaisait ou l'embarrassait. Comme pour les autres, ses mensurations furent écrites directement sur sa peau.

Ce qu'elle craignait se produisait : elle devenait de plus en plus humide. Jamais elle n'avait été aussi excitée.

« Très bien Stella. Maintenant, monte sur cette table d'examen et mets-toi à quatre pattes, le derrière pointé vers moi. »

L'humidité la faisait frissonner au moindre courant d'air, pendant que l'infirmière mesurait son sexe et écrivait ces mesures sur ses fesses.

« Tu sembles très bien lubrifiée aussi, Stella. C'est bien.

— Ma parole, dit la sergente, on dirait que vous avez fait des choses vous deux ! »

À l'exception de Clara, tout le peloton éclata de rire. Ces moqueries blessaient Stella au plus profond d'elle, mais la chaleur montait encore. Quand elle entendit plusieurs fois le déclic de l'appareil photo, elle sentit des frissons parcourir son ventre.

Stella sentit les doigts gantés de l'infirmière entrer en elle. « Je n'ai jamais vu un vagin si bien lubrifié. Tu es très serrée aussi, Stella. Ça signifie que tes muscles sont très forts. »

Stella était heureuse de l'entendre, mais cette infirmière avait-elle besoin de la masser comme ça ? Très vite, elle sentit un plaisir monter en elle qu'elle tenta de dissimuler. Elle croyait parvenir à maintenir un visage stoïque, mais son corps ne pouvait mentir. Elle était complètement trempée, la cyprine s'écoulant maintenant jusqu'à ses genoux.

« Tâche de te détendre un peu, Stella. Ce n'est rien, tu fais très bien. »

Les larmes se remirent à couler. C'en était trop. Si au moins elle avait été toute seule avec cette infirmière si gentille ! Elle entendait le peloton ricaner et pouvait voir la sergente sourire avec férocité.

L'infirmière quant à elle continuait à la palper. Elle trouva en elle un point plus sensible et y concentra ses caresses. Si son but n'était pas de la faire jouir sur sa table d'examen, elle s'y prenait très mal. Ses caresses étaient encore plus vivement agréables, plus expertes que celles de Clara. Stella poussa un gémissement, espérant qu'il passerait pour un hoquet de sanglots.

« Tes muscles se sont encore resserrés Stella. Il faut te détendre, ou tu ne pourras pas passer le reste du test.

— Vous voyez bien que ça ne sert à rien. Même si cette connasse passait l'examen, je n'en voudrais pas dans mon escadron. »

Stella se mit à pleurer à chaudes larmes. Jamais elle n'avait imaginé que ce serait si dur, que son rêve lui serait dérobé d'une manière si cruelle.

« Veux-tu continuer, Stella ? »

Elle voulait que cela cesse. Ce ne fut pas elle qui fit signe que oui, c'était son rêve révolté, son habitude solidement ancrée d'entraînement dans un seul but, devenir pilote de l'escadron Bio Super Élite.

« Stella, prends un moment. Quand tu seras prête, fais-moi signe. »

Elle s'exécuta immédiatement, cachant son visage dans le drap du matelas, écrasant ses seins lourds, résignée.

L'infirmière parvint avec peine à insérer le premier godemichet.

« Stella, tu dois te détendre. Je sais que tu peux faire mieux que cela. »

Stella voulait bien se détendre, mais comment obéir ? Tout son corps se crispait alors qu'elle pensait à tous ces yeux fixés sur elle. Il fallait les oublier.

Quand elle devait se réfugier dans un fantasme, Stella pensait surtout à une certaine expérience.

Quand elle était arrivée à Las Vegas, Stella avait deux objectifs en tête : entrer à l'Académie et se trouver un boulot le plus à l'écart possible du soleil, qui donnait à sa peau la teinte verdâtre caractéristique des métisses.

Elle avait pensé travailler dans les casinos, mais il y avait chaque fois enquête. Teindre ses cheveux et garder son teint pâle ne suffisait plus à cacher ses origines. Elle accumula donc les petits boulots, refusant tout ce qui impliquait qu'elle se dénude ou sorte au grand jour.

Elle avait eu la chance de rencontrer Richard, qui faisait la plonge dans un restaurant où elle était serveuse de nuit. Pas riche, mais il habitait avec sa mère un petit bungalow de banlieue. Il était gentil, musclé et ne trouvait rien de mal à sa toison verte. Il lui fournissait le cannabis et la cocaïne, elle lui taillait des pipes durant les moments creux. Ce n'était plus un échange, simplement une manière de profiter de leur jeunesse au lieu de laisser la grisaille de la nuit déteindre sur eux. Elle avait emménagé très vite chez lui, économisant le loyer.

Sa belle-mère travaillait beaucoup et dormait le reste du temps. Ils avaient donc la maison pour eux tout seuls et baisaient presque continuellement. Richard afficha rapidement son goût pour la mise en scène. Il commença bientôt à l'attacher à différents endroits, en particulier sur la table de la cuisine, où Stella craignait que les voisins puissent les apercevoir — sans que cela amoindrisse son plaisir.

Richard respectait ses ambitions. Elle colla aux murs ses « affiches de motivation », qui consistaient en slogans édifiants ou en photographies de pilotes célèbres et d'officiers — le colonel Craggs au premier chef. Elle s'entraînait chaque jour avec ardeur. Pour remercier Richard, elle lui avait souvent fait profiter de ces séances, exécutant son yoga ou son saut à la corde toute nue, et même en pratiquant devant lui ses étirements plus intimes.

Stella avait beau vivre à l'œil avec son amant, ses problèmes d'argent ne s'étaient pas réglés pour autant. Richard jouait de malchance avec ses paris sportifs et sa consommation de drogue utilisait une part importante de son salaire. Il lui proposa souvent de lui présenter un ami qui pourrait « lui trouver un boulot », mais Stella savait qu'il parlait d'une place de danseuse exotique.

Un jour, il était arrivé à la maison avec un garçon qu'elle ne connaissait pas. Il était plus beau et plus grand que Richard et il regardait Stella de haut en bas, la déshabillant du regard sans la moindre gêne. Terriblement embarrassée, elle s'était sentie mouiller dès ce moment-là.

Ils avaient amené du Jack Daniel's, boisson pourtant hors de prix depuis que les abominations hantaient les champs de maïs. Stella n'aimait pas le Jack, mais ils lui en avaient tout de même beaucoup servi, tout en causant. Richard surtout faisait les frais de la conversation. Rien dans son verbiage ne donnait à croire qu'il connaissait l'autre depuis longtemps, mais il l'avait traité en complice, avec force clins d'œil et coups de poing sur l'épaule. Son ami n'avait jamais cessé de fixer Stella. Elle, tout ce temps, avait gardé ses jambes croisées, tentant de contenir au fond de son ventre la fournaise qu'il avait allumée.

Ils avaient parlé de ses ambitions de pilotes. La conversation n'avait pas dévié sur ce sujet : Richard en avait parlé à brûle-pourpoint. « Tu devrais voir ce qu'elle arrive à faire. »

Il l'avait prise par surprise. Elle était restée sans voix alors qu'ils la regardaient, et elle avait compris qu'ils étaient sérieux. Ils voulaient qu'elle leur fasse une démonstration juste là, sur le canapé, comme si c'était la chose la plus naturelle du monde.

« Allez ! Décoince-toi un peu. Quand tu seras pilote, tu devras le faire devant tout le monde. »

Elle avait refusé plusieurs fois, mais avait bu encore quelques verres de Jack. Déjà, à ce moment, elle savait qu'elle le faisait pour venir à bout de ses propres réticences. Comme s'ils l'avaient compris, ils avaient rempli son verre chaque fois qu'il n'était pas sur le point de déborder. Et ils avaient insisté. Pas de métier plus noble, il ne fallait pas avoir honte. C'était beau, c'était grand, c'était merveilleux.

Alors elle avait desserré les jambes, leur exposant, malicieuse, sa culotte trempée de sueur. Fixant l'invité dans les yeux, elle avait porté le goulot de la bouteille à sa bouche, non pour boire encore, mais pour l'humecter de sa salive. Puis elle avait écarté la herse de dentelle, ouvert de ses doigts les portes de son sexe et y avait glissé le court membre de verre sous les applaudissements. Mais Richard considérait que c'était une trop faible démonstration de ses capacités. Il avait alors sorti un concombre de son sac — Stella ne pensa qu'après qu'il se l'était sans doute procuré pour l'occasion.

L'alcool et l'humiliation avaient fait leur œuvre, et Stella s'était sentie soudain bien, pleine de sève et de désir. Elle s'était masturbée devant eux, puis avait pris le légume en elle, s'amusant de leurs gestes involontaires alors qu'ils tentaient de maîtriser leur excitation. Ils la regardaient et ne rompaient le silence que pour souffler leur admiration d'une voix étranglée. Non, ils n'avaient jamais vu quoi que ce soit d'aussi beau, d'aussi noble. Elle avait trouvé très drôle d'être la seule d'eux trois à prendre du plaisir quand Richard, incapable d'en supporter davantage, s'était levé et avait sorti son membre devant Stella. Elle avait trouvé tout naturel de le prendre dans sa bouche. Elle l'avait sucé là, en regardant l'inconnu, certaine qu'il viendrait bientôt retirer le concombre.

C'était un épisode avilissant de sa vie, peut-être le pire. Sans doute Richard avait-il vendu ses faveurs pour rembourser une dette de drogue ou de jeu. Mais sur le coup, elle avait adoré. L'inconnu lui avait fait mal en baissant son soutien-gorge, et elle avait aimé cette rudesse. Elle avait léché leurs sexes par intervalles, juste devant la large fenêtre du salon qui donnait sur la rue, se fiant aux reflets du jour pour les dissimuler aux passants. L'idée d'être aperçue ainsi l'avait excitée et l'excitait encore, pendant que l'infirmière travaillait son vagin de plus en plus ouvert.

Ils avaient terminé l'après-midi tous les trois, sur le lit. Elle s'était mise à quatre pattes. Richard avait pris possession de sa bouche et l'inconnu l'avait prise par-derrière. Il avait détaché sa ceinture et lui avait passée autour du cou — Richard lui avait-il raconté qu'elle adorait cela ? Elle avait d'abord résisté au plaisir qui la prenait d'assaut, par souci de contrôler sa bouche, pour la satisfaction de Richard, mais après un premier orgasme incontrôlable, elle s'était aperçue aux mouvements de son sexe qu'il aimait la sentir jouir alors qu'il se trouvait dans sa bouche. Alors elle s'était laissée aller à plusieurs orgasmes successifs, au point d'en être incapable de sucer davantage, et Richard avait dû frotter le bout de son pénis contre ses lèvres. Il avait fini par jouir ainsi, sans avoir pu la prendre un seul instant.

Dans sa rêverie, Stella avait fini par confondre les va-et-vient du godemichet avec ceux de l'inconnu de son rêve. Il faut dire que l'examen avait pris un tour imprévu. Chaque fois qu'elle le pouvait, l'infirmière effleurait le clitoris de Stella de sa main libre. Stella sentait en elle pulser un plaisir douloureux qu'elle avait du mal à dissimuler. Les orgasmes se succédèrent, rapides et violents, et elle tenta de les étouffer en mordant le matelas aussi fort qu'elle le pouvait.

« Le moins qu'on puisse dire, c'est que tu es plus détendue. Vas-tu vouloir essayer avec le plus gros ? »

Stella se retourna et vit que l'infirmière avait passé deux étapes pendant qu'elle s'était laissée aller à rêver. Elle tenait maintenant le dernier, le plus gros. Stella n'avait pas le choix. Jusque là, l'examen s'était plutôt mal déroulé. Elle avait besoin de se distinguer.

Sitôt avait-elle répondu qu'elle sentit le godemichet s'agiter en elle, s'attardant aux endroits les plus sensibles. Les doigts gantés de l'infirmière effleuraient sans équivoque possible son clitoris à intervalles réguliers. L'infirmière cherchait donc à la faire jouir encore une fois, devant tout le peloton ? À quelle fin ? Stella chercha à résister, mais l'idée d'être ainsi stimulée devant tant de gens l'embarrassait tellement que la chaleur gagna bientôt tout son corps. Elle mordit les draps pour s'empêcher de hurler, tenta de contrôler les soubresauts de sa poitrine. L'infirmière cessa d'exciter son clitoris, mais elle enfonça, par une série de vas-et-viens, le godemichet au plus profond d'elle, étirant l'orgasme en une longue extase qui la mena au bord des larmes.

« Très bien Stella. Maintenant, veux-tu essayer les orifices secondaires ? »

Stella savait à quoi elle faisait référence. Richard avait pour habitude de l'enculer régulièrement, et même de demander à ses amis de le faire devant lui. Elle savait qu'elle pouvait prendre les deux premiers godemichets sans problème.

Le visage enfoui dans les draps, elle ne voyait pas ce que l'infirmière préparait. Elle sentait toujours la masse énorme enfoncée en elle quand le premier godemichet, le plus mince, commença à chatouiller son anus. Le lubrifiant le rendait froid et elle eut un mouvement de recul. Elle craignait que cela ne passe pour de la peur, aussi elle se força à rester immobile alors que le phallus de plastique s'immisçait en elle. Pour cesser de penser que toutes les aspirantes et la sergente la regardaient ainsi, elle repensa à Clara, à son image dans le miroir par-dessus son épaule alors qu'elle la caressait.

« Ça va très bien. Es-tu prête à accepter le deuxième ?

— Allez-y. »

L'infirmière enfonça le deuxième godemichet dans son cul, toujours sans avoir retiré le plus gros de son sexe. Stella fut très surprise du plaisir inattendu que lui procura cette double pénétration.

« Tu réussis très bien, Stella. Il n'en reste plus qu'un. Veux-tu l'essayer ? »

Bientôt, elle sentit le godemichet se retirer et le troisième vint prendre sa place sans plus de problème. Le mouvement de cette pièce se répercutait en elle à travers le monstre qui possédait son vagin, animant son sexe d'une pulsation qu'elle parvenait avec peine à contenir. Elle resta ainsi, avec les deux plus gros godemichets enfoncés en elle, pendant que l'infirmière prenait des notes.

« Les mesures sont terminées, Stella. Tu as très bien fait. C'est normal d'être nerveuse au début. Maintenant, écarte davantage tes fesses avec tes mains pendant que je photographie ton appareil génital. »

Affolée, Stella pensa à son intimité encore envahie. Elle ne put s'empêcher d'imaginer les photographies. Elle fut presque déçue quand elle sentit les deux godemichets la quitter. Alors qu'elle tirait ses fesses, elle sentait les lèvres moites de son sexe collées l'une à l'autre par le liquide. Sa chatte devait être toute luisante sous le flash de l'appareil photo.

« Relève-toi maintenant, face au peloton, les mains sur la tête et les pieds vis-à-vis les genoux. »

Stella obéit. Debout, elle put observer ses collègues. Elles avaient été soumises aux mêmes épreuves, aux mêmes humiliations. Aucune ne souriait. C'était bon signe — peut-être qu'elle réussissait mieux qu'elle ne l'avait imaginé.

Clara, enfin, lui adressa une œillade encourageante. Stella acheva de reprendre confiance en elle. Ce test était le plus facile. À la maison, elle pouvait tenir un kilo sans souci.

L'infirmière s'accroupit pour lui insérer le godemichet de verre. Elle se releva ensuite pour prendre la première pesée de dix grammes. Avant même qu'elle ne l'ait accrochée, Stella sentit le godemichet glisser. Elle serra de toutes ses forces, mais elle était si mouillée qu'elle ne put le garder.

Debout, jambes demi-écartées et face à toutes ses rivales, Stella était consternée de cet échec. Elle aurait eu envie de protester, de crier que c'était injuste. Puisqu'elle avait accepté les plus grosses pièces en elle, son test aurait dû être parfait, personne n'aurait pu la battre. Maintenant, elle ne ressentait qu'une incertitude qui lui glaçait le cœur.

« Bien ! Maintenant, nous en avons terminé avec l'examen. Demi-tour droite ! On sort au pas de course ! »

Les filles se mirent à courir vers le couloir. En sortant, l'infirmière lui sourit et Stella essaya de croire que c'était bon signe.

# LA FIANCÉE D'ORION

Les filles se rendirent au magasin au pas de course. Pour Stella, c'était la troisième fois qu'elle parcourait ce trajet toute nue, et qu'elle soit cette fois accompagnée par tout son peloton n'était pas une véritable consolation. D'abord, respectant les règles de déplacement militaire, elle ne pouvait plus cacher sa nudité. Ensuite, elle portait ses mensurations écrites sur elle, des mensurations qu'elle n'avait jamais trouvées très flatteuses.

La sortie des filles était surveillée. Tout le long de leur parcours, des gens les attendaient à la porte des locaux pour les regarder passer. Des femmes, mais surtout des hommes. Parfois en uniforme, parfois en sarrau blanc. Certains allaient jusqu'à les filmer avec leur appareil téléphonique. Partout, on les applaudissait avec des encouragements souvent obscènes. L'arrivée des aspirantes devait être un véritable événement annuel à l'Académie, l'occasion de se rincer l'œil sur des filles à peine majeures. Au moins, l'attention était répartie entre elles, mais Stella était remarquable avec sa poitrine spectaculaire qui sautait allègrement alors qu'elle courait.

Enfin, elles arrivèrent au magasin. Stella reconnut celui qui venait de tondre son sexe, pratiquement en public. Accoudé, à moitié penché dans le couloir, il semblait apprécier le moment. Un enfant le matin de Noël.

Une à une, les filles défilèrent. Il lisait les mensurations écrites sur leur corps en prenant son temps, puis allait à l'arrière chercher un uniforme de la taille appropriée.

L'uniforme des aspirantes avait peu en commun avec les tenues militaires courantes. De coton blanc, il consistait en une jupe très courte et une blouse qui couvrait à peine le nombril et moulait étroitement la poitrine. Solide, mais extensible, c'était avant tout une tenue sportive.

Stella hésita devant le magasinier. Elle se rappelait le contact de ses mains sur son corps, avec un étrange mélange de gêne et d'excitation.

« Alissa écrit n'importe comment ! Approche un peu, Stella, que je lise mieux. »

Stella approcha, mal à l'aise. Elle se sentait plus humiliée encore que lors de son premier passage. Elle devait garder les bras le long de son corps, sans pouvoir esquisser un geste de pudeur. Elle baissa les yeux, incapable de croiser son regard. Et lui feignait ne s'apercevoir de rien et l'invitait à approcher encore.

Quand il fut tout près, il lui dit à l'oreille : « Si tu veux, je peux ajouter un petit quelque chose à ton paquet.

— Quoi ?

— Un nécessaire à raser.

— Ce serait gentil.

— Tout ce que je veux, c'est que tu me fasses une pipe. »

Stella se sentit rougir. Les autres filles et la sergente n'étaient pas très loin, et elle ne pouvait être certaine que personne ne les entendait. Difficile de négocier.

« Je ne peux pas, il y a plein de monde.

— Pas maintenant ! Ce soir, à minuit, tu sortiras du dortoir pour aller aux toilettes. Je serai là.

— Je peux aller acheter un rasoir n'importe quand.

— Tu crois ? La semaine qui t'attend sera chargée, ma belle. Et les sergentes sont très strictes. Sans rasoir, tu reviendras me voir au moins deux fois cette semaine. »

Il alla chercher son uniforme pendant que Stella réfléchissait. Elle pourrait toujours emprunter son rasoir à une des autres filles, mais elle n'osait pas croire à une faveur.

Elle avait déjà taillé des pipes à des inconnus. Richard contractait des dettes et, quand il ne pouvait pas payer, il lui demandait de sucer son prêteur — ou pire, selon le cas. Bonne poire, elle lui rendait service. Elle ne revoyait plus jamais ces types, ce qui l'aidait à vivre avec la honte. Parfois aussi, quand des amis de Richard venaient le voir et qu'ils buvaient trop, on lui demandait de faire des choses. Au début, elle avait résisté, pour finir par céder sous l'insistance de Richard. C'était plus facile comme ça.

Mais elle pensait avoir laissé ces histoires derrière elle. Et ce magasinier avait déjà abusé d'elle une fois, en posant ses mains sales sur sa chatte. Et elle sentit encore cette chaleur monter…

Le magasinier revint, posant l'uniforme plié sur le comptoir. « Alors ?

— D'accord. Mais ça ne traînera pas.

— Super ! Je m'appelle Martin, en passant. »

Le simple fait de consentir fit battre son cœur plus fort. Quelle salope elle était ! Elle était dans le centre depuis deux heures, elle avait déjà eu deux orgasmes et se prostituait pour un rasoir. Richard avait raison de la traiter de pute.

La sergente ne les laissa pas enfiler leurs uniformes. « Vous êtes trop sales, pleines de lubrifiant. La blondasse en a plein les cuisses. »

Cette fois, personne ne rit. La perspective de refaire le trajet toutes nues avec des témoins enthousiastes ne plaisait pas aux filles. Elles durent s'y soumettre toutefois, cachant cette fois leur sexe à l'aide de leur uniforme plié.

Stella constatait en paniquant qu'elle ne pensait qu'à la pipe qu'elle avait promise le soir même, avec une douce chaleur d'anticipation. Elle était une pute, et pas bien chère avec ça. Et ce mot résonnait dans son esprit au rythme de son cœur. Elle sucerait

Martin le magasinier parce qu'il l'avait humiliée, parce qu'il avait abusé d'elle, et que cela l'excitait.

Elles coururent vers le vestiaire. Des pièces à la porte ouverte, dans les couloirs et surtout dans le vestibule, des hommes regardaient passer le défilé, peut-être tous les hommes de la base — Stella crut apercevoir le colonel, mais elle détourna vite le regard. C'était la fête, les quolibets obscènes fusaient de toutes parts. Les filles tremblaient de froid à l'exception de Stella qui avait de plus en plus chaud.

Elles arrivèrent vite à destination, pressées de se retrouver entre elles. Stella tenta de se consoler. Ce ne serait pas ainsi tous les jours. Demain, un autre groupe d'aspirantes allait arriver, et ce serait à elles de subir cette drôle d'initiation. De nouvelles filles — de nouvelles rivales — allaient sans doute arriver toute la semaine.

« Bon les filles. Vous avez une heure pour vous doucher, vous habiller et faire connaissance. Après quoi je reviendrai et nous vous présenterons l'Académie. »

La sergente s'en alla. Stella n'en pouvait plus. Elle déposa son uniforme dans son casier et alla vers les toilettes. Peu lui importait qu'on la vît désormais, elle voulait surtout se débarrasser de cette chaleur enivrante. Elle passa devant le dortoir avant de trouver les toilettes ; c'était donc le lieu même de son rendez-vous de ce soir. Elle choisit la première cabine. Alors qu'elle tendait l'oreille afin de savoir si elle était seule, ses doigts se glissaient déjà dans son intimité moite. Elle s'imaginait sa rencontre du soir et se répétait : « Je suis une salope qui suce pour un rasoir. Je suis comme une chienne en chaleur. Je prends une queue dans ma bouche pour un rasoir. » Et plus elle s'insultait, plus la honte croissait, et plus le plaisir grandissait.

Quand elle eut joui, il ne lui resta plus que la honte.

Elle revint, cherchant le mieux possible à éviter d'être aperçue, gelée et penaude. L'atmosphère du vestiaire était plus chaude ; les filles étaient entrées sous la douche et se savonnaient déjà. Stella alla les rejoindre.

Il n'y avait bien entendu pas de cabines individuelles dans cet endroit où parader nue semblait une coutume. Stella s'installa tout près de Clara, dont les cheveux, maintenant déroulés par l'eau, descendaient jusqu'à ses fesses rondes et fermes. Clara lui adressa un sourire entendu, et Stella se demanda si elle avait deviné ce qui l'avait retenue aux toilettes.

Stella avait beau se faire aussi petite que possible, Bethy la fixait. Elle avait un visage innocent, d'une tranquillité de madone, mais les yeux pleins d'une intelligence sournoise. D'emblée, Stella décida qu'elle ne devait pas lui faire confiance — mais son instinct l'avait si souvent trompée !

La fille avança vers elle d'un pas félin. Sous sa clavicule, son nom s'effaçait lentement. Elle était mince, la plus mince d'elles cinq, les muscles saillants dans son corps gracile. Ses seins menus se séparaient nettement, magnifiques mais irréconciliables, la pointe fièrement dressée vers le haut. Le plus remarquable était sa chatte gonflée, généreuse et ferme, le genre de chatte qui aurait rendu Richard complètement fou, qui semblait faite pour s'épanouir, étreindre et chérir toute chair qui voudrait bien y entrer. Stella n'avait jamais été attirée par les femmes, mais elle avait du mal à détacher son regard de cette chatte gracieuse et impudique, fière d'elle-même. Elle regretta d'avoir raté son examen, de ne pas avoir assisté à sa mesure et à son viol par les instruments de l'infirmière.

« Tu étais impressionnante tout à l'heure, dit-elle à Stella.

— Merci.

— Tu sais, tu es la seule à avoir pris les deux plus gros en même temps.

— Vraiment ? »

Cela réjouissait Stella. Elle avait toutes les chances d'être admise, avec de tels résultats.

« Moi, j'ai pris le troisième dans mon vagin et dans mon cul. S'il y en avait eu deux de la même taille, je ne crois pas que j'aurais pu les prendre tous les deux à la fois. »

Les autres filles approuvaient. Stella regardait timidement le sexe de Beth, puisqu'elle en parlait. Les petites lèvres saillaient. Son clitoris était juste là, presque à la vue, et aurait bien eu besoin d'un petit coup de main pour se détendre. Elle détourna la tête, embarrassée, et vit que Clara ne pouvait non plus détacher son regard de l'entrejambe de Beth. Stella se méfiait de la fille, mais elle était jalouse de son sexe.

Les autres filles se présentèrent aussi, avec des félicitations timides. Il y avait Annie, qui semblait mi-asiatique, mi-caucasienne, souriante, le nez retroussé. Elle parlait peu et fut la première à sortir de la douche. La cinquième était mulâtre, la peau café au lait. Elle se nommait Daisy. Elle annonça, fière de sa performance, qu'elle avait aussi accepté le godemichet le plus gros, sans parler de son « orifice secondaire » comme disait l'infirmière. Ses traits étaient plus affirmés, ses pommettes plus volontaires, et ses yeux en biseaux étaient presque aussi beaux que ceux de Clara. Elle avait les hanches les plus larges et le corps le plus musclé de toute l'escouade. C'était sans doute la rivale la plus dangereuse.

Stella se nettoya avec un luxe de soin. Sa chatte était encore sensible de ses caresses récentes et des tests qu'elle venait de subir, mais elle savait que la jupe était très courte et que si, par malheur, elle devait être aussi excitée que dans la matinée, cela n'échapperait à personne. Heureusement, sa courte conversation avec les filles avait détourné son attention de la pipe qu'elle avait promise au magasinier.

Elle alla s'habiller, aussi discrète que possible, mais Clara se plaça tout près d'elle. Stella se sentait bien avec elle, mais elle craignait que Clara ne s'attache trop. Faire ça avec des filles n'était pas dans ses habitudes, et elle n'avait aucune intention de recommencer. Stella commença à essuyer ses cheveux.

« Qu'est ce que tu fais ?

— Je sèche mes cheveux…

— Tu ne viens pas sous la douche ? Te raser ? »

Clara sortit un rasoir du nécessaire fourni avec son uniforme.

« Tu as un rasoir ?

— Bien sûr ! Pas toi ? Regarde bien, tu dois en avoir un aussi… »

Stella fit semblant de chercher pour ne pas être en reste. Une jalousie mal placée l'étreignit un moment, quand elle pensa que sa Clara avait aussi accepté de sucer Martin, avec sa bouche splendide.

Elle ne comprit qu'ensuite.

*Quelle gourde je fais !*

Clara, sans remarquer son étonnement, demanda : « Vous avez un rasoir, vous, les filles ? »

Toutes montrèrent leur rasoir. Stella, après avoir feint de chercher, trouva le sien.

« Voilà qui va me tirer d'embarras. »

Elle aurait étranglé Martin, si elle l'avait eu sous la main.

Stella n'eut pas le loisir de méditer sur cette révélation. Elle alla se raser, adoucissant le travail grossier du magasinier. Curieusement, cette opération lui procura une impression de bien-être. Après l'examen, se trouver nue devant les autres n'avait plus rien d'effrayant. Enlever ce qui restait de ses poils la rendait semblable à ses consœurs. De plus, ses poils pubiens trahissaient sa nature de mutante. Elle se demandait déjà comment, à l'intérieur de l'Académie, elle réussirait à se passer une teinture.

Ses cheveux n'étaient pas encore secs que la sergente vint les chercher. L'heure avait été un peu courte. Quand elle enfila sa blouse blanche, le tissu se tendit, révélant les pointes de ses seins encore mouillées. Non, décidément, leur heure n'avait pas duré beaucoup plus de dix minutes.

Même vêtues de leurs uniformes, les aspirantes avaient froid. La climatisation fonctionnait à fond, gardant à l'extérieur l'insupportable chaleur du Nevada. Stella en comprit la raison en visitant les lieux, où des hommes vêtus d'épaisses combinaisons de travail soudaient à l'arc des pièces d'armure quatre fois plus grosses qu'eux, ou testaient des armes qui diffusaient une chaleur brûlante — lasers énormes ou lance-flammes. Malgré la fraîcheur ambiante, la sueur dégoulinait de leur peau cuite. Ils étaient la partie cachée de l'escadron, ses racines. Ceux qui forgeaient les armes démesurées qu'elle rêvait de manier depuis son enfance.

Enfin, elles arrivèrent à une porte si haute et si large qu'il n'y avait pas à s'y tromper : ce qui devait passer par là, c'était des Convertis pleinement fonctionnels, marchant debout.

On ne peut regarder une porte sans imaginer ce qui est derrière. Stella ne s'attendait qu'à d'autres hangars, plus grands peut-être, plus hauts de plafond. Pour sortir, Rhys ouvrit une porte de dimension humaine, presque invisible entre les sorties des Convertis. L'embrasure révéla une lumière blanche, aveuglante, et une chaleur infernale vint caresser les jeunes filles, frôlant leur visage, se glissant sous leur jupe.

Après l'intérieur glacé, la chaleur suffocante du désert était saisissante. Le premier choc passé cependant, Stella ressentit un vif bien-être. Elle aimait beaucoup le soleil. Elle l'évitait pourtant comme la peste, parce qu'il verdissait son teint quand les filles normales auraient simplement bronzé.

Il lui fallut un bon moment pour que ses yeux s'accoutument à la lumière crue du désert. Ce qu'elle vit la laissa stupéfaite.

Jamais Stella n'avait imaginé l'intérieur de l'Académie ainsi. Il était interdit de survoler la zone — comme si les Aberrations pouvaient prendre des photos aériennes, comme si des espions pouvaient leur vendre des clichés. N'ayant jamais vu de photographie aérienne, elle ignorait que le centre formait un vaste anneau, avec pour centre une plaine ensoleillée et fertile. Entre les pistes où s'entraînaient les Convertis et leurs pilotes, l'herbe poussait, haute et drue. Elle n'osait pas imaginer les ressources nécessaires pour irriguer ainsi ce terrain.

Il y avait là des dizaines de Convertis, plusieurs en mouvement. Sur une piste au fond, cinq d'entre eux couraient en file, effectuant une roulade quand leur instructeur leur commandait.

« C'est ici que nous effectuons tous les entraînements de pilotage. Le champ de tir se trouve à l'extérieur, loin dans le désert. »

Elles marchèrent à la suite de la sergente jusqu'à un Converti immobile qui se trouvait en retrait. C'était un bipède, blindé aux trois quarts. Stella estima sa masse à trente tonnes. Ses armes étaient étranges, d'un type que Stella n'avait jamais vu dans ses magazines. Le cockpit était ouvert ; c'était le seul endroit à laisser supposer que, sous le métal, se trouvait un être vivant — ça et les branches feuillues qui lui servaient de cimier. Des tentacules vert épinard s'agitaient près des commandes, surgissant de part et d'autre du siège de pilotage. Une étrange fleur qui attendait une énorme abeille.

Stella, confrontée pour la première fois à cette créature qui allait bientôt définir sa vie, se sentait mal à l'aise. Il lui faudrait du courage pour accepter ces bras sur son corps, jusqu'en elle. Heureusement, elle aurait amplement le temps de s'y préparer.

« Créer et entraîner un Converti coûte beaucoup trop cher pour que nous ayons le luxe d'en former pour l'entraînement seulement. Pour cela, nous utilisons des Convertis qui ont été trop abimés pour servir encore sur le champ de bataille. Vous aurez l'occasion d'apprendre à les connaître : ils servent essentiellement à former aspirantes et cadettes.

Celui-ci se nomme Orion. Il a connu des jours glorieux sur le champ de bataille, mais un tir ami l'a mis à la retraite. Ce n'est pas le plus délicat, mais c'est une belle machine. »

Il était splendide en effet, mais il n'avait rien d'une machine. Les tentacules hypnotisaient Stella avec leurs mouvements ondulants. Elle comprenait maintenant d'où venait l'aspect singulier des armes que portait ce grand être immobile : ce n'était pas un véritable arsenal, mais des imitations.

Les aspirantes regardaient toutefois avec respect ce vieux vestige brisé. Elles admiraient ce qui lui restait de puissance et redoutaient sourdement le moment où elles devraient lui livrer leurs corps.

« Aspirante Stella, c'est vous qui aviez les meilleures mesures au test médical ? »

Stella sentit son cœur se serrer.

« Je crois, chef.

— Vous allez nous faire une démonstration.

— Une démonstration ? »

Stella ne put s'empêcher de regarder les autres, affolée.

« Une démonstration de quoi ?

— De quoi, d'après vous ? »

Stella resta immobile un moment, tremblante. Certainement, la sergente blaguait. Elle attendit en tremblant, attendant que Rhys n'éclate de rire.

Mais Rhys était sérieuse.

Stella marcha vers la machine qui semblait grandir de manière démesurée à chaque pas. Elle trouva un marchepied et entreprit de grimper à bord, redoutant et espérant tout à la fois s'évanouir en cour de route.

« Aspirante ! Vous êtes cinglée ? »

Stella n'avait enlevé qu'un pied du sol. Elle se retourna. Elle souffrait d'être de nouveau insultée, mais elle espérait que cela signifiait qu'elle n'aurait pas à piloter l'horrible monstre.

« Vous comptez le serrer à sec ?

— "Serrer à sec", chef ?

— Ça vous arrive de comprendre ce qu'on vous dit ? Le pistil sexuel de ce Converti va vous déchirer si vous n'utilisez pas de lubrifiant. »

« Serrer », c'était le jargon de l'armée pour désigner la pénétration du pistil. Rhys était sérieuse.

« Le coffre sur sa cuisse contient le nécessaire. »

Les mains tremblantes, Stella eut beaucoup de mal à ouvrir le coffre. Il y avait effectivement des tubes de lubrifiant, ainsi que tout un nécessaire de survie, allant des fusées d'alarmes à l'abri de fortune. Elle referma le coffre et marcha derrière la jambe, afin d'y trouver un minimum d'intimité.

« Aspirante ! Vous êtes folle ? Vous êtes donc complètement tarée ? On ne passe jamais sous un Converti ! Il peut vous écraser sans même s'en apercevoir ! » La sergente se tourna vers le peloton, où les filles, Clara exceptée, pouffaient de rire. « Votre collègue vous donne un très bon exemple de tout ce qu'il ne faut pas faire. Restez toujours devant votre Converti. Ne lui tournez jamais le dos. Stella a failli mourir parce que c'est une connasse prude. Allez, Stella, lubrifiez-vous ! Vous nous avez fait perdre assez de temps. »

Stella se sentait sur le point d'éclater en sanglots. En se penchant, elle croisa le regard féroce de Bethy, qui se réjouissait sans fausse honte de ses malheurs. Stella baissa les yeux, releva sa jupe le moins possible et commença à appliquer le gel sur son sexe. Il était déjà aussi humide que ses yeux. Elle demanda la permission de parler.

« Quoi encore ?

— Est-ce un pistil double ?

— Oui. Dans le doute, faites toujours comme si c'était le cas. Les Convertis peuvent tenter de vous pénétrer avec un autre tentacule, même lorsqu'ils n'ont qu'un pistil. »

Contrite, Stella entreprit de lubrifier cette deuxième entrée aussi.

« Voilà chef. C'est fait.

— Ce n'est pas trop tôt. Pour plus de sureté, je vais vérifier. Il ne faudrait pas que vous soyez blessée à votre première fois. Aspirante, jupe à la ceinture ! »

Stella retroussa sa jupe. Rhys glissa sans ménagement deux doigts en elle.

« C'est bien ce que je pensais : vous n'avez pas été assez loin. Si je n'avais pas vérifié, vous auriez risqué des blessures douloureuses. »

Stella baissa les yeux pendant que la sergente se tournait vers le peloton. Elle était certaine de s'être lubrifiée autant que possible, mais elle ne pouvait rien faire d'autre que d'avaler sa colère et se soumettre.

« Aspirantes, en rangs ! Vous allez venir tâter la gourdasse Stella. Peut-être que ça vous donnera une notion ou deux de ce qu'est une bonne lubrification. »

Clara passa la première et glissa délicatement ses doigts en elle, plus légèrement encore que lorsqu'elle l'avait fait dans les toilettes, un peu plus tôt.

« Allez bien jusqu'au fond, sinon vous ne comprendrez rien. »

Clara alors poussa ses doigts le plus loin possible. Son expression semblait dire qu'elle trouvait l'épreuve pénible elle aussi.

Ce fut le tour de Bethy. Son visage n'était que douceur, et ses grands yeux fixaient Stella avec compassion. Mais elle enfonça ses doigts durement et Stella dut retenir un gémissement.

« Alors aspirante ? Vous sentez ?

— Oui chef. Elle est un peu sèche. »

Stella inscrivit mentalement ce mensonge sur une toute nouvelle liste de griefs contre Bethy.

Daisy s'approcha d'elle d'un pas tranquille, l'expression neutre. Elle fouilla longuement de ses doigts la chatte de Stella, systématique.

« Alors, aspirante ?

— Je ne sens rien de particulier.

— Continuez alors. Il est important que vous compreniez. »

Daisy poussa plus fort. Stella, à l'agonie, décida de s'ouvrir un peu plus afin de raccourcir l'épreuve. Du coin de l'œil, elle vit que des pelotons d'infanteries approchaient, mâles en majorité, sans doute pour observer la scène. Stella se sentait de plus en plus humide. Ils s'arrêtèrent à bonne distance, trop loin peut-être pour apprécier tous les détails. Stella ferma les yeux et tenta de les oublier. Ce fut vain. La caresse chaude du soleil lui rappelait combien son uniforme était mince et comme sa jupe était relevée haut.

« Vous perdez du temps, aspirante Daisy. Suivante ! »

Stella ouvrit les yeux et vit approcher Annie à travers un voile de larmes. La jolie Japonaise ne put s'empêcher un regard timide vers les hommes en rang qui attendaient la suite de choses. Elle finit par se décider, glissant ses doigts aussi délicatement que possible dans l'intimité de Stella, puis les ressortit presque aussitôt, rougissant à vue d'œil.

« Avez-vous bien senti le manque de lubrification, aspirante ? »

Annie fit signe que oui, de plus en plus embarrassée. Elle mentait ; Stella lui en était reconnaissante.

« Très bien. Nous pouvons donc continuer avec le reste de la démonstration. » Rhys s'empara d'un tube de lubrifiant et en versa dans sa main droite autant qu'elle pouvait en contenir. « Puisque l'aspirante Stella ne semble pas bien comprendre les bases, je vais devoir l'aider un peu. Approchez-vous pour bien voir. »

Elle poussa brutalement quatre doigts en Stella, qui se raidit au contact froid du fluide. « N'hésitez pas à masser les parois de votre vagin. Ces étirements vont faciliter l'entrée du pistil sexuel. Si vous éprouvez une douleur au moment de l'accepter en vous, vous serez incapable de combattre. »

Rhys donnait en effet l'exemple en massant vigoureusement Stella. La pauvre jeune fille ouvrit des yeux tout ronds et avait le plus grand mal à garder son équilibre.

« Pour bien faire pénétrer le liquide, voici un truc que vous devriez retenir. »

Stella sentit avec soulagement les doigts de Rhys se retirer. Mais, immédiatement, la sergente frotta sa main gluante contre le tube lui-même.

« Écartez bien les lèvres, aspirante. »

Stella obéit à contrecœur.

*Je ne peux pas croire qu'elle va faire ça devant tout le monde.*

Le tube entra facilement dans sa cavité lubrifiée à l'extrême. Rhys l'enfonça le plus loin possible à plusieurs reprises de manière rythmée. Stella voyait se multiplier autour d'elle les témoins attentifs, et elle sentit monter des vagues de plaisir trouble. La honte et l'extase se disputaient en elle, et leur lutte la remplissait de chaleur.

« Un massage du clitoris avant de monter à bord va aider la lubrification naturelle, ce qui est toujours souhaitable. »

Rhys joignit le geste à la parole. Elle stimula Stella par des cercles de plus en plus étroits des doigts. Stella se sentait prête à défaillir.

Elle força ses yeux à rester ouverts regardant droit devant, et garda une respiration régulière. Elle devait se concentrer sur n'importe quoi, sur la photosynthèse qui s'opérait juste sous sa peau, sur son épiderme qu'elle sentait verdir, sur la sueur qui trempait son uniforme blanc.

Au bout d'un moment, peut-être par fatigue, Rhys mit fin au massage.

« Prête, aspirante ?

— Oui, chef. »

Stella se retourna. Orion lui semblait encore plus grand qu'avant. Avait-il avancé ? Elle tenta un pas, et elle eut soudain l'impression que sa tête tournait. Le cockpit, sur la poitrine du Converti, se rapprochait à toute vitesse.

« Aspirantes, on recule au pas de course ! »

Stella ne savait pas si l'ordre s'adressait aussi à elle. Une peur glaciale la clouait sur place.

Orion bougeait. Il ployait les genoux comme pour tenter une révérence, appuyait ses bras armés sur le sol. Puis la masse s'immobilisa. Le poste du pilote était maintenant à une longueur de bras de Stella, et elle pouvait l'explorer du regard sans la moindre difficulté. L'ordinateur de bord, la radio, les étriers et les appuis-bras commandant les armes étaient les seules parties artificielles. Le reste était organique, visqueux. Les tentacules étaient trop nombreux et trop grouillants pour être comptés. Certains étaient plus longs que Stella. Elle avait du mal à distinguer lequel parmi eux était le pistil sexuel, celui qui lui permettrait de contrôler la bête.

« Les Convertis d'entraînement sont expérimentés, comme je vous l'ai déjà dit. Il leur arrive, si une pilote est convenablement préparée, de la détecter et de chercher à l'aider. Le Converti désire votre contact, c'est la clef de tout. Cependant, ses sens sont limités, aussi ses mouvements sont dangereux.

Votre collègue aurait pu être écrasée. Que son étourderie vous serve de leçon. »

La grande fleur du poste de pilotage s'ouvrait devant Stella. Au milieu, deux tentacules trapus étaient certainement les pistils sexuels. Ils étaient couverts d'un mucus clair et ondulaient vers elle comme s'ils l'attendaient.

Elle avait déjà vu ça en photo. Elle avait affiché aux murs de sa chambre des photos de ses héroïnes fièrement empalées sur le pistil de leur monture. Maintenant, c'était vrai. Et c'était beaucoup plus effrayant. Les pistils semblaient plus gros, plus longs, mais surtout plus vivants et avides. Sous la carapace d'acier, il y avait une Aberration, une bête qui l'avait sentie. Chaque tentacule frémissait d'impatience. Et Stella sentait que son sexe aussi espérait ce contact, la tirait vers la bête avec sa volonté propre. Les deux s'appelaient, indifférents à ses appréhensions.

Les mains tremblantes, Stella termina l'escalade. Tenant sa jupe contre elle pour en montrer le moins possible aux soldats qui l'observaient, elle s'installa sur le siège.

Orion l'attendait. Les pistils, qui la sentaient arriver, se mirent immédiatement en mouvement.

La chair d'Orion était plus chaude et ferme qu'elle ne l'avait imaginée. Le corps humide se déploya contre son sexe, glissant de haut en bas, cherchant l'entrée. Malgré sa taille, il la pénétra facilement. Stella eut l'impression de l'avoir aspiré en elle.

Dans sa hâte, Stella s'était assise sur sa jupe. Le second pistil se butait à cette porte d'étoffe, incapable d'investir la forteresse qui se trouvait derrière. Stella tira sur le vêtement mais Orion, impatient, s'agitait de plus en plus, poussait davantage et maintenait solidement en place l'obstacle qui l'enrageait. Les tentacules ne mirent pas longtemps à venir à son aide. Certains s'enroulèrent autour du haut des cuisses de Stella pour la caler sur son siège. Elle sentait le frottement d'autres membres contre la peau de ses fesses ; sans doute cherchaient-ils un moyen détourné de dégager la voie. Son uniforme se déroba sous elle avec un bruit d'étoffe qu'on déchire. En un rien de temps, elle était nue des bottes à la ceinture. Plus rien n'empêchait le second pistil de s'introduire en elle à son tour. Des bras gluants entourèrent son torse, soulevant sa poitrine, et s'enroulèrent autour de ses poignets. À l'intérieur d'elle, les pistils se mirent à bouger.

Ce n'était pas un mouvement, mais davantage une pulsation. Le rythme était rapide, peut-être trois ou quatre impulsions à la seconde, et semblait s'accélérer. Cela n'avait rien de douloureux. Les tentacules avaient épousé ses formes à la perfection, stimulant chaque centimètre. Immédiatement, elle ressentit une vague de plaisir qui la submergea du ventre à la tête. Écartelée, tous ses membres assujettis, elle ne pouvait espérer aucun contrôle. Elle regarda vers le peloton, espérant de l'aide, et vit sur le visage de ses consœurs, et même sur celui de la sergente Rhys, une expression de pure terreur.

Stella se sentait étrangement détachée de ce drame, peut-être à cause du plaisir impérieux qu'elle cherchait à repousser, mais elle restait consciente de la nécessité de contrôler, au moins partiellement, l'animal. Se rendre au bout de l'épreuve, aussi dignement que possible, et en un seul morceau.

Elle se rappela ses lectures. Le Converti recherchait le plaisir sexuel. Ce besoin était le seul levier sur lequel pouvait s'appuyer sa pilote. Stella respira profondément à plusieurs reprises.

« Ça va, aspirante ? » C'était la voix de Rhys, à peine approfondie par le haut-parleur de la radio. Stella la vit en contrebas, un walkie-talkie à la main.

« Écoutez bien, Stella. Il fallait assurer votre prise dans les étriers avant de le serrer. Sans les étriers, vous n'avez aucune chance de dominer votre Converti. »

Un peu engourdie, Stella fut d'abord étonnée : Rhys semblait réellement inquiète. Puis, ayant retrouvé un semblant d'emprise sur elle-même, elle chercha les étriers. Sans point d'appui, Orion pouvait la manipuler à sa guise. Déjà, les tentacules la soulevaient. Certains, enroulés dans sa chevelure, tiraient sa tête en arrière. L'un d'eux tentait d'entrer dans sa bouche. Elle serra les dents et regarda à ses pieds. Ses yeux se remplissaient de larmes alors que le plaisir croissait irrésistiblement, mais elle réussit à repérer les étriers.

Ils étaient considérablement éloignés l'un de l'autre. Pour placer son pied dans le premier, elle dut écarter un peu les jambes. Cela ouvrit davantage la voie aux pistils, qui s'insérèrent encore plus franchement en elle, vibrant de plus belle. Pour résister, Stella appuya de toute sa force sur l'étrier afin de se soulever. Les tentacules qui attachaient ses jambes tentèrent d'empêcher ce mouvement et réussirent en partie. L'effort avait cependant maintenu Stella alerte malgré l'orgasme qu'elle ne pourrait plus contenir longtemps.

« C'est bien, aspirante. L'autre étrier maintenant. »

Stella assura le mieux possible la prise de son pied gauche dans l'étrier et serra ses cuisses avec une force désespérée. Elle parvint à faire reculer le pistil, et elle pensa qu'elle venait de gagner un répit. Mais les tentacules la secouaient de plus belle et trouver le deuxième étrier dans ces conditions n'était pas une mince tâche. Maintenir sa position exigeait tout ce que son corps pouvait donner, et elle redoutait ce qui arriverait lorsque l'énergie lui manquerait.

Elle parvint au bout d'un moment à trouver ce qu'elle cherchait. Elle comprit en même temps que ce Converti avait été réglé pour une pilote plus grande qu'elle. Il n'était pas hors de portée, mais presque.

« Aspirante ! Le deuxième étrier ! »

La voix de Rhys trahissait une peur réelle. Orion avait commencé à se mouvoir. L'impact se répercutait en Stella de son sexe à sa tête.

« L'étrier est trop loin ! »

Stella ne savait pas si Rhys l'avait entendue, mais elle ne pouvait pas insister. Le tentacule qui se pressait sur son visage avait tenté de s'introduire dans sa bouche dès qu'elle avait parlé. Il se frottait sur ses lèvres, et un nectar blanchâtre et parfumé barbouillait son visage.

« Il n'est pas trop loin. Ces étriers sont conçus pour que vous puissiez vous y appuyer tout en restant ouverte au Converti.

— Si j'ouvre mes jambes, je vais perdre le contrôle avant d'avoir pu atteindre l'étrier. »

Elle tournait la tête dans tous les sens afin d'éviter que le tentacule n'entre dans sa bouche. En bas, un tas de petits personnages s'agitaient, les yeux rivés sur elle. Ce ne fut qu'à ce moment qu'elle pensa que sa jupe était arrachée et sa blouse ouverte. Un tentacule dégoulinant de nectar se glissait entre ses seins exposés et d'autres se frottaient déjà contre son ventre et ses mamelons. Les hommes de l'infanterie, hors de portée, se délectaient du spectacle. La honte enivrait Stella. Elle pensa un moment s'abandonner, s'ouvrir aux pistils et au plaisir si intense qu'il promettait. Si cela n'avait pas mis Clara en grave danger, elle l'aurait peut-être fait.

« Orion est plus fort que vous. Pour gagner son obéissance, vous devez lui donner quelque chose en échange.

— Quoi ?

— Il cherche le plaisir. Si vous lui en accordez un peu, il vous laissera peut-être le temps d'attraper l'étrier qu'il vous manque. »

Lui accorder du plaisir ? Stella savait que si elle laissait le pistil principal agir à sa guise, elle perdrait totalement le contrôle d'elle-même. Ces pulsations à l'intérieur étaient plus excitantes que tout ce qu'elle avait connu. Il n'y avait qu'une solution.

Le nectar qui inondait sa bouche était délicieux. Forcée d'en avaler quelques gorgées, elle sentit immédiatement une énergie nouvelle la gagner. Elle commença à chatouiller l'organe du bout de sa langue. Les tentacules qui l'enserraient relâchèrent légèrement leur étreinte, et se mirent peu à peu à se frotter contre sa peau nue. La menace semblait momentanément écartée. Engourdie par le plaisir, mais ragaillardie par le nectar, Stella se mit à chercher du pied l'étrier.

Pleine de résolution, elle écarta les jambes. Elle anticipait l'invasion, que redoutait sa raison mais que son corps appelait irrésistiblement. Comme elle l'avait prévu, les pistils introduits en elle en profitèrent pour s'activer. Une vague de plaisir torride la submergea. Sa vue se trouva un moment voilée par un rideau de larmes. Son pied glissa trois fois sur l'étrier avant de s'y installer solidement. Ses vêtements tout neufs étaient déchirés les uns après les autres et les tentacules sensibles de la bête caressaient son corps, son ventre, ses seins, dans une douce frénésie, avec une force qui l'emportait, mais avec une douceur qui la réconfortait. Un Converti ne voulait aucun mal à sa pilote, après tout. Orion devait être particulièrement sûr. N'était-il pas réservé à l'entraînement des cadettes ?

« Très bien, Stella. Vous vous débrouillez très bien. »

Le tentacule enfoncé dans sa bouche se durcit dans un spasme et lança en elle une coulée de nectar pâle et épaisse qu'elle ne put avaler complètement.

Elle ne sentit pas l'orgasme approcher. Il s'empara d'elle sans prévenir, comme un voleur, la secouant tout entière du haut jusqu'en bas. Elle étouffa un cri en enfonçant le plus loin possible dans la bouche le membre en pleine jouissance. Son corps s'agita en quelques mouvements involontaires qui firent valser sa poitrine de gauche à droite. Puis elle arriva à se reprendre. Le tentacule sortit de sa bouche, se frotta à sa joue pour une dernière sensation, puis se retira.

« Hé ! Faites attention, aspirante ! Vous vous laissez aller !

— Ça va. » Pourtant, ça ne semblait pas aller. Elle ne parvenait à parler qu'entre deux halètements, épuisée ou rompue par le plaisir. « Est-ce que je peux sortir maintenant ?

— Orion ne vous laissera pas sortir. »

Il n'était donc pas satisfait ? Que lui fallait-il alors ? Les pistils en elle s'agitaient de plus en plus. Un autre tentacule tenta d'entrer dans sa bouche. Par réflexe, elle le repoussa. Alors la créature lui saisit les deux bras, les souleva au-dessus de sa tête et les tint là. Stella tira le plus fort qu'elle put, mais les tentacules s'enfonçaient dans la chair de ses avant-bras. Elle se sentit tirée vers le haut, suspendue, mais encore empalée, et passa tout près de vider les étriers.

Tout indiquait que la bête devenait de plus en plus fébrile. Stella devait reprendre l'initiative. Elle commença par accepter un autre tentacule dans sa bouche. Elle tenta de le contenter encore plus que le premier, le léchant plus activement, l'enfonçant plus profondément chaque fois qu'elle le pouvait. Il était plus gros que le précédent, et sa résistance l'avait rendu impatient. Le nectar nourricier fit immédiatement du bien à Stella, qui s'appliqua de plus belle.

Deux tentacules glissaient contre ses seins, les pressant ensemble, et un troisième s'inséra entre eux, se servant de cette nouvelle fente comme d'une quatrième ouverture. Le pistil sexuel enfoncé dans son cul se mit à vibrer avec une puissance inouïe. Stella était toute prise de tremblements. Les larmes de plaisir embuaient sa vision. Décidée à garder le contrôle, elle se concentra davantage sur la fellation, inspirant profondément. Ses halètements et ses gémissements devaient être audibles par la radio. Elle tenta de chasser cette pensée qui lui mettait le feu au corps.

Finalement, le pistil relâcha dans son cul son nectar brûlant. Le liquide glissa d'elle, formant un ruisseau qui se mit à couler par flots hors du cockpit. Il commença à se rétracter. Stella en ressentit un vif soulagement avant de comprendre son erreur.

Les Convertis recevaient les commandes de leurs pilotes à travers les pistils sexuels. Si ceux-ci se retiraient, la pilote perdait tout contrôle sur la bête. Tirant sur les étriers, elle suivit le pistil dans son mouvement. En s'accroupissant ainsi, elle enfonçait le principal encore plus loin en elle, mais elle n'avait pas le choix. Elle ne pouvait qu'espérer que son entraînement lui permettrait de le supporter.

Le nectar coulait maintenant à petits flots des multiples membres qui se frottaient contre sa peau. Elle sentait le liquide glisser dans ses cheveux, sur son visage, son ventre, jusque sur sa chatte distendue, comme de la cire chaude. Stella tenait toujours les deux pistils fermement. Avalant encore un peu de nectar, elle se dit qu'elle n'avait plus qu'à attendre et regarder aller.

Mais, déjà, un tentacule se frottait contre ses fesses, impatient de prendre la place du pistil satisfait. Stella maintint fermement sa position. Elle se sentit alors soulevée par les bras. Même en tirant de toutes ses forces sur les étriers, elle ne parvint pas à rester en place. Le pistil se retira et l'autre membre s'empressa de prendre sa place, sans qu'elle ait pu esquisser un geste pour l'en empêcher. Il ne lui restait plus qu'un seul levier pour commander le Converti. Elle devait à tout prix trouver un moyen de le garder. En désespoir de cause, elle décida de le forcer à marcher.

Il aurait été opportun de prévenir les autres, dans le peloton, afin qu'elles puissent s'écarter de sa route, mais le tentacule enfoncé dans sa bouche l'empêchait d'articuler le moindre mot. Elle aurait pu attendre, mais c'était risqué. Si jusqu'à maintenant son expérience s'était résumée à une suite d'orgasmes, elle risquait à la longue des hémorragies internes ou pire. Elle avança sa cuisse droite, rendue indolente par le plaisir. Son bassin transmit le mouvement au pistil et, sans offrir la moindre résistance, le Converti avança.

Toute la cabine trembla. Stella, pourtant maintenue de toutes parts, eut peur d'être éjectée du cockpit. Malgré cet éclair de terreur pure, elle exultait. Elle avait ordonné et Orion obéissait. Elle le força à exécuter un autre pas. En contrebas, les filles la fixaient, terrorisées, sans oser rompre les rangs. Rhys elle-même restait sur place, paralysée par la peur ou la surprise, peut-être un peu des deux. Même le Converti semblait surpris, heureux pour elle, excité. Le membre qui s'activait entre ses seins relâcha son nectar. Bientôt, un autre jet remplit sa bouche. Elle tenta d'en avaler le plus possible, consciente d'être nourrie par ce liquide si proche de sa condition semi-végétale. Comme Orion, elle était un être hybride. Nul sur terre ne pouvait mieux la comprendre, ni partager plus étroitement ses sensations. Tant pis si tout le monde la regardait se donner à cet être énorme. Ou plutôt tant mieux. Elle était fière d'offrir ainsi son corps, fière d'avoir amené le géant à lui obéir. Comme pour la remercier, un des tentacules caressa son clitoris, multipliant les sensations délicieuses contre lesquelles elle luttait bravement. Elle tenta un nouveau pas, cherchant cette fois à faire tourner sa monture afin de ne pas écraser son peloton.

Un tentacule projeta un jet de nectar sur son visage, obstruant sa vue.

Elle entendit les cris de ses collègues, et Rhys lui aboyait un ordre qu'elle ne parvenait pas à comprendre, noyée comme elle était par mille orgasmes ressentis en même temps. Des spasmes désordonnés agitaient ses membres et Orion, docile, obéissait le mieux possible. Quand le géant de fer et de bois tomba vers l'avant, Stella ne ressentait plus rien qu'une jouissance conquérante. Suspendue à quelques centimètres du sol, elle s'évanouit pendant que les tentacules se succédaient à chaque endroit sur son corps où ils pouvaient trouver leur plaisir.

Quand elle se réveilla, Stella se trouvait dans la clinique. Elle était étendue sur cette table où elle avait subi son examen médical le matin même. Cela lui semblait une éternité.

On lui avait retiré ce qui restait de son uniforme et on l'avait couchée sur le dos, les jambes écartées. Un homme en blouse blanche était penché sur son sexe, si concentré qu'il ne remarqua pas qu'elle était réveillée. Une main se posa sur la sienne. Stella tourna la tête et son regard rencontra celui d'Alissa, l'infirmière, qui lui souriait.

« Ça va ? »

Stella ne souffrait pas. Elle se sentait épuisée, étourdie, courbaturée comme après un entraînement difficile, mais elle n'avait pas mal. Il restait en elle un écho du plaisir intense qu'elle venait de ressentir et rien, ni mal, ni inquiétude, ne pouvait l'atteindre. Elle rendit son sourire à l'infirmière.

Dans l'entrebâillement de la porte, la sergente Aki Rhys attendait.

« Alors, comment va-t-elle ? »

Comme surpris d'entendre cette voix, le médecin se redressa.

« Ce n'est pas à vous que je vais présenter mon rapport. Et vous n'avez pas le droit d'être ici quand j'examine une patiente. »

Rhys esquissa un geste pour refermer la porte, quand elle vit que Stella était réveillée.

« Vous avez beaucoup de chance, jeune fille, que personne n'ait été blessé. Vous avez failli écraser tout votre peloton. »

Le médecin se redressa en soupirant. Debout, on voyait qu'il était grand et assez costaud pour quelqu'un de sa profession. Sans doute était-il militaire lui aussi. Tranquille, mais visiblement irrité, il retira ses gants. « C'est vous qui avez de la chance, sergent. Maintenant, fichez le camp. »

Rhys s'en alla sans demander son reste. Le médecin se tourna alors vers Stella.

« Ne vous en faites pas, jeune fille, vous n'avez rien de cassé. Comment vous sentez-vous ?

— Très bien.

— Vous êtes sûre ? »

Stella se sentait si bien qu'elle n'avait même pas songé à refermer ses jambes.

« Je crois que je suis encore sous le choc.

— C'est très naturel. Je ne me suis pas présenté. Je suis le docteur Kelvin Leyland. Pour l'instant, je vais vous laisser aller, mais vous serez dispensée d'entraînement jusqu'à ce que je vous aie à nouveau examinée. Entretemps, si vous ressentez le moindre inconfort, revenez me voir.

— Vous êtes très aimable. »

Elle entreprit de se relever. C'était difficile avec ses muscles fatigués, et l'infirmière l'y aida.

« Derrière cette porte, il y a une salle de bain. Prenez une longue douche, cela devrait vous détendre. Entretemps, nous vous apporterons un nouvel uniforme. »

Stella tituba un peu en marchant vers la salle de bain. Le médecin et l'infirmière la supportèrent, mais ce n'était déjà plus nécessaire.

La douche fut longue, en effet. Le corps de Stella était encore couvert de nectar, qui avait eu le temps de sécher en plusieurs endroits. Elle se lava trois fois les cheveux. Et comme l'eau était plus chaude que dans les vestiaires, elle se laissa aller à quelques minutes de détente après avoir enlevé toute trace du liquide végétal.

Si ses muscles se relaxaient, elle voyait en revanche que son corps portait de nombreuses marques. Elle serait couverte de bleus dès le lendemain. C'était le dernier de ses soucis. Alors que l'effet de l'endorphine se dissipait, elle repensait à ce qu'avait dit Aki Rhys : elle avait mis en danger la vie de tout son peloton. Ça ne pouvait pas être bon. Pourquoi la sergente lui avait-elle demandé une démonstration, à elle ? Bethy, avec ses cours particuliers, ou Annie, et son école japonaise, auraient sans doute été moins maladroites.

Stella s'habillait d'une serviette quand elle entendit la voix du médecin de l'autre côté de la porte. « Non mon colonel. Aucune lésion sérieuse. »

Stella retint son souffle. Le colonel Craggs avait entendu parler de sa bourde. Pire : il s'en inquiétait tant qu'il était venu lui-même aux informations.

Stella eut beau tendre l'oreille, elle n'arriva pas à comprendre ce que le colonel répondit.

« Bien sûr, reprit le médecin. Cette fille a dû s'entraîner comme une vraie dingue.

— J'aimerais la rencontrer. Vous croyez que c'est possible ?

— Absolument, colonel. Comme je vous l'ai dit, elle est en pleine forme. Elle se douche juste à côté ; elle va sortir d'un moment à l'autre. Voulez-vous que je cogne ?

— Non ! Non ! Laissons-lui un peu de temps pour se remettre. C'est la moindre des choses.

— Si je puis me permettre, mon colonel…

— Je vous en prie, docteur, permettez-vous.

— Au cas où cette affaire se rendrait en cour martiale, vous pouvez compter sur mon entière collaboration.

— Espérons que nous n'aurons pas à aller jusque là. »

Stella frémit. Son premier jour, et elle venait d'échapper à la cour martiale !

Elle voulut prendre un moment pour se ressaisir. Le colonel l'attendait, elle devait faire aussi bonne figure que possible. Elle noua sa serviette le mieux qu'elle le pouvait, mais elle était trop étroite et la poitrine opulente de Stella menaçait de faire des siennes à tout moment.

Finalement, le docteur cogna à la porte. « Stella ? Quand vous serez prête, il y a un visiteur pour vous. »

Elle sortit timidement, comme une souris de son trou. Comme l'exigeait le protocole, elle se mit au garde-à-vous et salua son officier, l'air aussi digne et déterminé que possible. Le nœud fragile qui retenait la serviette se défit et elle sentit le tissu glisser de son corps. Elle résista au réflexe de cacher sa nudité et réussit, par un effort insensé, à garder ses larmes à l'intérieur d'elle.

Le colonel, avec un sourire désolé, laissa aller un regard à son corps épanoui, s'attardant à son entrejambe épilé, victime de tant d'invasions aujourd'hui. Rien n'y paraissait.

« Repos, aspirante, repos. »

Stella obéit. Les jambes légèrement écartées, les bras derrière le dos projetant sa poitrine à l'avant, cette position était en tout point plus humiliante que la précédente.

« Quand je vous ai ouvert la porte ce matin, j'étais loin de me douter que je vous reverrais aujourd'hui même dans une situation semblable. »

Stella resta muette. On ne lui avait pas donné la permission de parler.

« Je crois que vous devinez que ce n'est pas un cas habituel. Il vous est arrivé une chose… Eh bien ! C'était monstrueux. Et je veux vous assurer que je prendrai personnellement des mesures pour que cela ne se reproduise plus. »

Il regarda la jeune fille en silence.

« Vous pouvez parler, aspirante.

— Je vous remercie, mon colonel.

— Vous n'avez pas à me remercier. Je suis ici pour vous présenter mes excuses, au nom de toute l'Académie, pour les sévices que vous avez subis. Et même si le docteur Leyland m'a dit que vous vous en êtes bien sortie… »

Le docteur approuva de la tête.

« Une jeune fille moins préparée que vous aurait pu se trouver gravement blessée, voire pire. Tout ça pour vous dire que je ne sous-estime pas la gravité de cet incident. J'espère que cela ne vous découragera pas de poursuivre une carrière chez nous… »

Il était bien aimable, ce colonel. Stella savait bien qu'il ne manquait pas de recrues. En fait, l'entraînement des aspirantes passait pour n'être qu'une suite d'épreuves destinée à décourager les candidates les moins motivées.

« Mon plus grand souhait a toujours été d'intégrer l'escadron Bio Super Élite, mon colonel. Cela n'a pas changé. »

Le colonel et le docteur se regardèrent avec un air de soulagement qui intrigua Stella.


Stella resta un long moment étendue sans arriver à fermer l'œil. Le lit était dur, le matelas mince, et les draps étaient rugueux contre sa peau nue. Le dortoir trop grand répétait chaque son avec des échos interminables. Une fille se retournait. Une autre ronflait. Un son sourd rampait par le couloir grand ouvert ; Stella sentait son lit vibrer. Un Converti se dégourdissait peut-être les jambes dans son hangar.

Les filles l'avaient regardée revenir comme une miraculée. Aucune ne lui avait reproché d'avoir failli les tuer. Elle avait même cru discerner chez Bethy un air de jalousie farouche.

L'écho n'était pas réservé au dortoir. Dans la tête de Stella, les mêmes pensées se réverbéraient sans fin. Elle se revoyait fuir les regards pendant qu'elle courait toute nue à travers les couloirs, les yeux alanguis de Clara qui la caressait devant le miroir, Clara encore, le derrière levé, pénétrée par des objets énormes.

Les tentacules, surtout, s'imposaient dès qu'elle fermait les yeux, si réels qu'elle les sentait presque s'emparer de son corps. Les endroits où ils avaient serré ses membres la faisaient souffrir, comme s'ils ne l'avaient pas encore lâchée, comme s'ils étaient avec elle, cachés sous les draps. Et le souvenir du plaisir incontrôlable qu'elle avait ressenti revenait alors là hanter. C'était peut-être le pire : ressentir la douleur sans éprouver le plaisir.

Elle se revoyait enfin, parfois, rarement, les jambes largement ouvertes aux yeux et aux mains de Martin le magasinier. Et ces brefs passages lui suffisaient à se rappeler leur rendez-vous.

Minuit approchait. Il était peut-être là, dans les toilettes, attendant son arrivée. Ou peut-être avait-il entendu ses aventures et cru qu'elle ne serait pas en état. Stella brûlait de désir à l'idée d'un contact physique, pourvu qu'il soit humain. Et masculin. Terre-à-terre. Normal. Pas besoin de tendresse. Juste de quoi tourner la page sur cette journée bizarre. Elle ne l'appréciait pas. Il l'avait prise pour une idiote, avec son « arrangement », mais il était jeune, bien fait, solide comme devaient l'être les hommes de l'infanterie. Il suffirait à chasser les images de la journée. Il suffirait aussi à calmer son inquiétude.

Que pouvait bien contenir le rapport de l'infirmière ? Et comment le comité d'évaluation allait-il accueillir la nouvelle de son fiasco avec Orion ? Dans les deux cas, elle avait démontré le sérieux de sa préparation, mais elle n'avait pu s'empêcher de jouir.

Leurs uniformes étaient rangés. Pour aller rejoindre Martin, il aurait fallu marcher toute nue. Stella en avait marre de parcourir les couloirs en habits d'Ève. Et puis il faisait froid. Mieux valait rester sous les couvertures rudes, à laisser travailler ses doigts.

Elle sentait l'humidité commencer à venir, mais elle était encore loin du compte. Sa chatte avait été endolorie par ces épreuves, aussi elle n'osait pas la masser ce qu'il fallait. Si proche des autres, elle n'osait pas geindre, à peine respirer.

Discrètement, elle se leva, se drapa dans sa couverture et se dirigea vers son rendez-vous.

Après l'obscurité du dortoir, la lumière des toilettes était crue et jaune. Lentement, elle marcha devant les cabines. Elles étaient toutes ouvertes sauf une, la dernière au fond. Par-dessous la porte, Stella pouvait voir une paire de bottes militaires. Elle gratta doucement.

« Stella, c'est toi ?

— Ouvre vite ! »

Elle se glissa par l'ouverture dès qu'elle le put et referma prestement derrière elle.

« Je ne pensais pas que tu viendrais. Ça va ? »

Elle le regarda durement. Elle en avait assez que tout le monde lui demande si ça allait. Elle laissa tomber la couverture. Les ecchymoses parleraient bien mieux qu'elle.

« Aki Rhys est complètement folle. Elle va se retrouver en cour martiale pour ça.

— Je vais bien. »

Elle s'adossa à la paroi pour lui montrer sa chatte intacte, les lèvres pressées l'une contre l'autre, une fente étroite et menue, comme celle d'une vierge.

« Tu n'es pas obligée de faire ça, Stella.

— Je sais que tu as essayé de me baiser. Toutes les filles avaient un rasoir dans leur équipement. »

Elle écarta des doigts les lèvres de sa chatte, dévoilant une chair rose et fraîche. Impossible de croire qu'un monstre était passé par là quelques heures plus tôt.

Martin avala sa salive. Il hésitait toujours, sans toutefois arriver à détourner les yeux du sexe de Stella. « Pourquoi es-tu venue alors ? »

Stella glissa ses doigts en elle pour en récupérer un peu d'humidité, puis elle les glissa sur son clitoris, comme si elle n'en pouvait plus d'attendre que Martin se décide.

« Pourquoi m'as-tu fait cette proposition à moi, et pas aux autres ?

— Tu es la plus belle.

— Tu racontes n'importe quoi. »

Toutes les filles de son escouade avaient paradé devant lui pour recevoir leur uniforme. Elles étaient toutes dix fois plus jolies qu'elle ; Clara, au moins mille fois.

« Tu pensais que j'étais assez bête pour marcher. Tu m'as demandé de te sucer parce que j'ai l'air d'être la plus idiote. »

Martin osa enfin la regarder dans les yeux.

« Tu ne peux pas imaginer ce que ça m'a fait de te tondre la chatte. Je ne pense plus qu'à ça. Tu es si belle ! Tu me rends complètement fou.

— Je ne veux pas que tu sois gentil.

— C'est la vérité.

— Dis-moi que tu me trouves stupide. » Elle avait murmuré cela d'une voix basse, presque rauque, le regard alangui.

Martin hésita avant de répondre, tout aussi bas : « Oui, tu es stupide. »

Il l'écrasa contre la paroi, lui massa les seins sans retenue. Il reprit, avec plus de conviction : « Tu es la plus idiote des femmes. » Il se prenait au jeu, sans avoir l'air encore de trop y croire.

Il plaqua sa main droite sur la vulve de Stella. Bousculés par les doigts du soldat, les siens pénétraient entre ses lèvres. Il écarta sa main et glissa tout de suite deux doigts en elle. D'instinct, elle les écrasa entre les muscles de son pelvis, et retint un frisson. Au regard de Martin, elle vit qu'il était impressionné, qu'il anticipait déjà ce que ce serait de la posséder.

« Tu es déjà toute mouillée. Tu aimes ça…

— Tu n'es qu'un minable !

— Mais tu aimes ça. »

Martin entreprit de masser l'intérieur de son vagin avec ses doigts rugueux. Ses gestes étaient maladroits. Après une telle journée, elle n'avait pas besoin d'un traitement semblable. Cependant, elle ressentait une vive humiliation à se laisser toucher par cet homme, et une chaleur conséquente la gagner.

« C'est bon… Continue. »

Le simple fait de prononcer ce mensonge avait encore plus excité Stella. Obéissant à son invitation, il la caressa par petits cercles, avec une certaine compétence, mais aussi avec rudesse, l'irritant un peu plus. La main qu'il gardait sur son sein pinça un mamelon. Cette douleur ramena Stella à elle. Ce type s'y prenait comme un manche. Si elle ne prenait pas les choses en main bientôt, elle aurait joué la salope pour rien du tout.

Elle se mit à haleter pour l'exciter, gémissant de plus belle quand il lui faisait le plus mal. « Montre-moi ta queue. »

Martin arrêta ses caresses pour détacher sa ceinture et baisser son pantalon. Cette pause fit du bien à Stella. Martin montra son pénis déjà bien tendu. Elle posa un pied sur la cuvette pour offrir sa chatte, écrasant ses seins dans une attitude aussi invitante que possible. Martin approcha son sexe de sa vulve et en frotta le bout sur son clitoris.

« Suce-moi. »

Stella se mit à genoux et serra le phallus dans sa main. Il était dur comme du bois. Elle commença par le lécher longuement, de la base au sommet, en plusieurs mouvements langoureux. Puis elle le prit dans sa bouche. Le bout seulement d'abord, qu'elle agaçait par de petits mouvements de langue rapide. Martin agrippa ses cheveux pour ne rien rater du spectacle. Elle en profita pour le regarder droit dans les yeux. Richard avait toujours adoré ça. Elle accéléra les mouvements de sa langue, agitant le membre de plus en plus tendu. Elle sentit le gland grossir encore et goûta de petites gouttes de son excitation. Elle allait trop vite. À ce train, il allait jouir tout de suite. Pour lui donner un répit, elle sortit sa queue de sa bouche et lécha ses couilles. Son membre frémissait dans sa main, prêt à déborder.

Stella n'en pouvait plus. Elle glissa deux doigts dans sa chatte et commença à se masturber sauvagement. Elle lâcha le pénis et utilisa son autre main pour masser son clitoris. Elle ressentait une urgence de jouir là, le plus vite possible. Si elle tardait trop, quelqu'un les surprendrait peut-être. Si Rhys la trouvait, la queue du magasinier dans la bouche, quelle humiliation ce serait ! Et la chaleur monta encore, la consumait tout entière, dans ces toilettes glaciales, et ses mains s'activèrent encore.

Elle chercha maladroitement à reprendre la queue de Martin dans sa bouche. Impatient, il l'aida. Elle l'enfonça le plus loin possible, se concentrant sur le volume de son sexe, s'abandonnant à cette délicieuse domination. La chaleur la consuma de pieds à la tête. Martin dut sentir son orgasme à travers son membre secoué. Pendant quelques seconces, elle lâcha prise, sans un mouvement de succion, sans un geste de la langue, se concentrant simplement à se caresser moins vite et moins fort, pour étirer cet orgasme libérateur. Toujours tremblante, elle se remit à le sucer, agitant doucement sa queue alors qu'elle battait son gland par des mouvements de langue circulaires. Il y eut deux jets clairs et liquides. Il allait jouir, déverser son sperme dans sa bouche.

Elle se releva.

« Terminé la pipe pour ce soir.

— Quoi ? Non ! J'y suis presque. .

— Alors, finis-toi tout seul. »

Elle reprit son drap et tenta de sortir de la cabine.

« Attends, toi. Tu ne penses pas que tu vas t'en tirer comme ça ! »

Elle se tourna vers lui, déterminée. « Qu'est-ce que tu vas faire ? Me violer ? Si je crie, tout le dortoir va m'entendre. Ils vont dire quoi, tes officiers, en te voyant au milieu de la nuit, dans la toilette des aspirantes ? Tu crois qu'ils vont te laisser ton poste de tondeur de chattes ? »

Il resta interdit, presque penaud. Son érection était tombée brusquement. « Ce n'est pas bien de me laisser comme ça. Tu m'as vraiment chauffé. C'est parce que tu ne voulais pas que je jouisse dans ta bouche ?

— Tu pourras jouir dans ma bouche tant que tu le voudras, mais pas ce soir.

— Pourquoi ? Et quand ? »

Stella lui adressa un sourire féroce. Elle n'avait peut-être pas la taille fine de Clara ou la chatte séduisante de Bethy, mais elle savait s'y prendre.

« Je veux le rapport de l'infirmière. Et tout ce que tu pourras apprendre sur les suites de mon incident avec Orion.

— T'es malade ! Je risque ma carrière.

— Tu as accès au système informatique, tu as des clefs, tu es connu. Je suis certaine que tu pourras te débrouiller.

— Tu ne penses quand même pas que je vais risquer ma carrière pour une pipe ?

— À toi de choisir. Je t'ai donné un échantillon, le reste te concerne. »

Elle retourna se coucher. Martin avait eu beau protester, sa mine ne mentait pas : elle serait bientôt fixée.

# OUI, MON COLONEL

STELLA PENSA QUELQUES INSTANTS QUE LA VOIX QU'ELLE entendait n'existait que dans son rêve. C'était celle de la sergente Aki Rhys, amplifiée, répercutée par les murs nus du dortoir.

Ce fut le brouhaha des filles quittant leur lit qui informa Stella que sa nuit était vraiment terminée. À travers les croutes à peine formées sous ses paupières, elle vit que l'horloge indiquait quatre heures trente. Elle n'avait donc pas dormi beaucoup plus que trois heures en tout. Elle croyait avoir encore en bouche le goût du magasinier Martin.

Elle se leva en catastrophe, enfila son uniforme. Elle n'eut que le temps de mettre une botte avant que la sergente n'ordonne le garde-à-vous.

Les filles se redressèrent. Les lits étaient encore défaits. Bien peu de filles avaient réussi à passer leurs bottes, et certaines n'avaient pas encore de jupe. Rhys semblait furieuse et défila dans les rangs en distribuant les insultes.

« Vous vous croyez en colonie de vacances ? Il n'y a pas de place pour les princesses ici ! Vous me faites perdre mon temps ! Qu'est-ce que c'est que ce lit ? Vous voulez peut-être que je le fasse à votre place ? »

Elle s'arrêtait parfois devant une aspirante, sans doute quand elle sentait de la faiblesse. Alors, elle promenait l'extrémité de sa cravache sur le visage de sa victime, parfois sur ses seins ou son ventre s'ils étaient restés nus. Stella, terrorisée, la regardait approcher du coin de l'œil. Mais quand Rhys arriva devant elle, elle changea d'expression. La sergente resta muette, laissant courir son regard sur la peau de la jeune fille. Sur ses bras et ses jambes, de grands serpents noirs se découpaient, palpitants et douloureux.

« Vous, vous êtes dispensée d'entraînement. Vous pouvez vous recoucher. »

Stella, épuisée, n'avait que la force de se tenir debout.

« Qu'est-ce que vous attendez, aspirante ?

— Je peux aller à l'entraînement avec les autres. »

Ces mots absurdes semblaient être sortis d'une autre bouche. Rouée, épuisée, meurtrie, Stella se savait incapable de subir une quelconque épreuve physique. Son lit était là, spartiate mais hospitalier, tentation irrésistible. Mais sa détermination était devenue une habitude. Soudain, cette meurtrissure de sa chair, cette épreuve injuste, lui apparaissait comme une opportunité, la chance de démontrer que, quoi qu'il arrive, elle pouvait se lever et se battre.

« Le docteur Leyland vous a ordonné le repos.

— Je veux m'entraîner avec les autres, chef. »

Rhys hésita. Stella espérait de tout son cœur qu'elle refuse et lui ordonne de se reposer.

À côté de Stella, Bethy se tenait au garde à vous. C'était la fille la plus vêtue du groupe. Sa jupe était un peu froissée et ses bottes lâchement lacées, mais son lit était fait et son corps était couvert.

« Votre nom, aspirante, c'est bien Bethy ?

— Oui chef.

— Bethy, vous aiderez l'aspirante Stella à se préparer. »

Elle frappa dans ses mains et éleva la voix, s'adressant au groupe entier. « Vous allez toutes me faire trente pompes. L'aspirante Stella va les compter. Ensuite, vous aurez une minute pour finir de vous préparer. Celles qui vont nous retarder recevront des corvées. »

L'Académie n'était qu'une petite partie de la base. Celle-ci comportait en effet un centre de recherche, à qui incombaient la culture, le dressage et l'armement de nouveaux Convertis, et une installation militaire complète, entièrement consacrée à la lutte contre les Aberrations.

Dans cette installation, deux types d'unités militaires se distinguaient facilement. Le premier, le plus prestigieux, était évidemment l'escadron Bio Super Élite, le corps des pilotes, entièrement constitué de femmes. Cette unité était constamment appelée au front, livrant le combat directement contre les Aberrations partout où on les trouvait. L'infanterie, constituée majoritairement d'hommes, était chargée du reste des opérations. Nettoyage, communications, sauvetage et protection des populations civiles... C'était un job aussi dangereux que celui des pilotes, mais ingrat et mal payé.

Les aspirantes n'enviaient pas le sort de ces soldats. Elles devaient néanmoins subir le même entraînement. Une fois admises cadettes, elles constitueraient en effet une force de réserve qui devait pouvoir servir dans les opérations au sol au pied levé. Après la deuxième année, une cadette pouvait même être appelée à remplacer une pilote blessée ou tuée.

À l'extérieur, il faisait encore nuit noire. On remit aux filles un sac contenant l'essentiel du matériel d'un soldat d'infanterie et des armes non chargées. Rhys les força à courir sur un circuit éclairé par de grands projecteurs. Bientôt, leurs pas soulevèrent des nuages de poussière que les puissants faisceaux incendiaient. À travers cette nuée lumineuse, Stella distinguait à peine les autres. Elle entendait les invectives d'Aki Rhys, mais, malgré cet avertissement, la sergente apparaissait toujours par surprise, émergeant de la nuée à quelques mètres à peine.

Les insultes de Rhys étaient leurs seuls encouragements. Stella ignorait combien de temps durerait la course, alors elle tâchait de garder son souffle, de ménager ses jambes endolories. Quand Rhys lui ordonnait d'aller plus vite, elle lui obéissait une demi-minute, puis reprenait son train habituel. Elle espérait que la poussière cacherait son allure traînante et sa foulée maladroite, aussi elle courait là où le nuage était le plus épais, jusqu'à cracher de la terre.

Après cinq tours de piste, Stella craignit que cette course ne finisse que lorsqu'une d'entre elles tomberait, arrivée au bout de ses forces. Elle ne voulait pas être celle-là. Les autres la dépassaient souvent. Quand cela se produisait, elle observait le visage de la fille, cherchant un signe de faiblesse. Comme elle, elles tâchaient toutes de garder un air impassible. Seule Clara lui rendait son regard. Elle semblait lui reprocher d'être là.

Stella s'était entraînée des années en prévision de ce moment. Elle avait couru des kilomètres sur piste intérieure, afin de ne pas passer trop de temps au soleil. Mais elle n'avait jamais pensé à courir avec des bottes de combat ni en portant trente kilos d'équipement. Son cœur battait furieusement. À chaque battement, le sang qui déferlait dans ses membres venait gonfler ses ecchymoses. Elle avait presque l'impression que les tentacules d'Orion couraient encore sur elle. Heureusement, la nuit était fraîche.

La sergente Aki Rhys faisait preuve, pour insulter les aspirantes, d'une énergie et d'une imagination incroyables. Stella redoutait chaque passage devant elle. Pourtant, à mesure que les tours s'accumulaient, Rhys la haranguait de moins en moins, se reprenant sur les autres. Stella se dit qu'elle devait avoir l'air très mal en point.

Rhys ordonna finalement l'arrêt de la course au dixième tour de Stella. Il lui semblait que les autres l'avaient toutes dépassée deux fois, mais elle était heureuse de n'avoir pas flanché, et d'arriver à tenir encore le garde-à-vous. Malgré le froid, la sueur ruisselait sur sa peau, et lui semblait que la poussière soulevée collait à ses jambes jusque sous sa jupe.

La sergente les passa en revue longuement, silencieuse. Arrivée devant Stella, elle dit simplement, mais avec une certaine dureté dans le ton : « Ça va toujours, aspirante ?

—Oui chef! »

Ça n'allait pas, bien sûr, mais elle arrivait à rester droite, à contenir ses tremblements, à garder un visage impassible. Stella, pour la première fois depuis son entrée à l'Académie, était fière d'elle. Rhys leur imposerait encore des exercices, plus durs sans doute, mais elle tiendrait le coup parce qu'il le fallait, parce que son rêve était à ce prix.

Rhys fit un pas pour observer la fille suivante. Stella perdit connaissance.

Stella passa ce qui lui sembla un long moment dans le dortoir vide. Toute seule, l'inaction lui pesait encore plus. L'analgésique avait un peu engourdi la douleur lancinante qu'elle ressentait tout le long de ses membres, sans arriver à l'en distraire.

Elle avait repris connaissance à la clinique. Le docteur Layland était à son chevet, visiblement contrarié. Se faire réveiller si tôt pour apprendre que Stella avait ignoré ses instructions ne l'avait pas bien disposé. Ne lui avait-il pas ordonné le repos?

Après l'avoir grondé, il lui avait donné rendez-vous pour la semaine suivante. Là, il s'assurerait qu'elle était assez remise pour joindre l'entraînement. En attendant, toute activité fatigante était interdite. Le docteur veillerait à mettre la sergente Rhys au courant.

Alors Stella broyait du noir. Chaque minute l'écartait de son objectif. Après une semaine de repos, comment arriverait-elle à combler son retard?

Stella retira ses vêtements, les plia soigneusement et se coucha entre les draps rugueux de son lit. Bientôt, elle s'assoupit malgré ses inquiétudes. Elle n'était qu'à moitié endormie quand les rêves vinrent l'assaillir. Elle les accueillit tout naturellement, contemplant sans étonnement son corps nu et blanc duquel toute marque avait disparu.

Martin était en face d'elle.

Il avait changé lui aussi. Il n'avait plus cet air vicieux qu'elle lui connaissait. Il la regardait avec envie, certes, mais aussi avec admiration.

« Ne tombe pas amoureux de moi, Martin, mon cœur appartient à un autre. »

Elle ne savait pas qui était cet autre au juste, et cela avait peu d'importance. Elle ne pouvait détacher ses yeux de Martin, son torse nu et ses épaules solides. Sans hésiter, il l'attira contre elle, pressant ses mains fortes contre le creux de son dos. Elle le repoussa à demi.

« Du calme. As-tu fait ce que je t'ai demandé ?

— J'ai une copie de ton examen médical. Tu as passé avec les honneurs. »

Elle savait ce que cela signifiait. Elle avait promis que, contre ce document, il pourrait la prendre tout entière ; elle devait maintenant tenir sa part du marché. Cette constatation arriva comme un soulagement. Elle n'aurait pas voulu s'éloigner de lui, s'arracher à ce contact réconfortant. Elle déposa sa tête sur le torse du soldat et fit glisser ses mains sur ses hanches, puis en arrière. Elle agrippa ses fesses et s'appuya contre son corps. Son membre en érection était prisonnier entre leurs ventres, dressé et fier, mais sans impatience. Le soldat déposait sur son cou une pluie de baisers légers qui causait à Stella des frissons comme autant de petits flocons de neige. Elle respira profondément, juste pour que ses seins se pressent plus fort contre lui, pour que leurs peaux se frottent dans une sorte de grande caresse. Quand elle leva la tête pour accueillir sa bouche, elle vit que c'était le colonel qu'elle tenait contre elle.

Les mains grandes et fortes de Craggs s'enfonçaient dans son dos, l'attirant à lui encore plus étroitement. L'embrasser était comme boire à une source chaude. Sa salive avait le goût suave et l'effet enivrant du nectar d'Orion. Leurs deux bouches jouaient ensemble, incapables de se séparer plus d'une seconde, espiègles et amoureuses. Et, juste au moment où Stella cherchait un moyen de prendre le colonel en elle sans séparer leurs lèvres, elle sentit les mains puissantes agripper ses cuisses et la soulever doucement, jusqu'à pouvoir la prendre sur place.

Stella avait toujours aimé le sexe des songes. Rien de sale, de compliqué ou même de fatigant. Tout glissait tout seul, elle n'avait rien à expliquer. Pas de douleur non plus. Bien sûr, il manquait les odeurs âcres et enivrantes de la sueur et la jouissance conquérante — le réel avait ses avantages. Tout de même, si elle avait eu à choisir, elle aurait pris l'étreinte tranquille et parfaite du rêve. D'autant que c'était la seule qui pouvait lui offrir une escapade avec le colonel Craggs.

Une douleur fugace entre ses jambes la réveilla en sursaut.

Elle se redressa brusquement, s'attendant presque à trouver quelqu'un qui la tripotait. Elle était toujours seule dans le grand dortoir. C'était elle qui, machinalement, avait entrepris de se caresser dans son demi-sommeil. Ses draps avaient glissé sur le côté; quelqu'un qui serait entré à ce moment-là n'aurait rien manqué du spectacle. Et si quelqu'un pouvait la voir tout de même? Si des caméras étaient installées dans la pièce? Elle inspecta le plafond, les poutres de métal, le haut des murs. Des caméras étaient fixées à chaque coin du dortoir. Elle avait peut-être été vue, ou même enregistrée. Honteuse, elle se hâta de se rhabiller et se leva. Elle voulait sortir de là au plus vite.

Ne sachant trop où aller, elle commença par la cafétéria. Il était tôt; on n'y servait encore rien. Pour s'occuper et peut-être pour secouer les dernières brumes du sommeil, elle prit un café à la distributrice. Elle y porta les lèvres, espérant quelque chose de nouveau, mais ce n'était que du café synthétique. Même l'armée, semblait-il, n'avait pas les moyens d'offrir du véritable café à son personnel, maintenant que les plantations étaient dangereuses. Stella était trop jeune pour connaître le goût de café authentique, mais on lui avait souvent vanté.

Elle continua son chemin. Quand elle croisait un groupe de soldats, ils avaient le réflexe habituel des hommes de la détailler de haut en bas. Cette fois cependant, quand leur regard s'était heurté à ses jambes meurtries, ils reprenaient leur composition et passaient leur chemin, comme on évite un mendiant sur le trottoir.

Elle atteignit bientôt le magasin. Par chance, Martin était de service, toujours aussi enthousiaste. « Stella ! Quelle bonne surprise ! Tu viens me donner une petite avance ? »

Il la regardait arriver, penché par-dessus son comptoir, étirant le cou et lui adressant un sourire simiesque. Elle s'en voulait de l'avoir intégré à ses fantasmes, même une seconde, plus encore que de l'avoir sucé la veille.

« Calme-toi avec ça. Si ça continue, je n'aurai même pas besoin de ce rapport. Je vais me faire virer.

— Pourquoi dis-tu ça ?

— Le docteur m'interdit de m'entraîner. Je ne fais que traîner mes savates dans le centre à ne rien faire.

— Et alors ? Tu as tout compris à la vie militaire : en faire le moins possible. C'est la loi de la conservation de l'énergie.

— C'est la loi de se faire montrer la porte, oui.

— Tu parles ! Tu n'as rien à craindre.

— Comment ça ? »

Martin se contenta de la regarder comme si elle était la dernière des idiotes.

« Pourquoi n'aurais-je rien à craindre ? J'ai manqué quelque chose ?

— Tu ne t'en doutes pas un petit peu ? »

Stella chercha un moment, sans être trop certaine qu'il y avait quelque chose à trouver. Martin se faisait sans doute une idée exagérée de sa propre intelligence.

« Si je te le dis, notre accord tient toujours ?

— Pourquoi ne tiendrait-il pas ?

— Je vais te faire confiance, alors, parce que tu as l'air d'une bonne fille. Voilà : ils ont peur que tu poursuives l'armée. »

Stella resta un moment interdite. Ça se tenait. Leur mine démolie, leurs chuchotements, même la relative gentillesse de la sergente Rhys à son égard, tout ça s'expliquait. Elle n'y avait pas pensé elle-même, parce que l'Académie était tout ce qu'elle avait toujours rêvé, et on ne traîne pas ses rêves devant les tribunaux.

« Comment sais-tu qu'ils ont peur ?

—Tout le monde ici se demande pourquoi ce n'est pas déjà fait. Tu pourrais gagner des millions. »

Stella imagina ce que Craggs pouvait en penser. Est-ce qu'il redoutait vraiment qu'elle le poursuive ? Elle ne voulait pas que le colonel pense à elle de cette manière.

« Moi, je te comprends, ceci dit  Tu espères encore une carrière de pilote, alors tu ne veux pas faire de vague. La paie est pas mal, tu manges tes trois repas par jours, tu as la couverture médicale et il y a même la retraite. Mais s'ils te virent de l'Académie, qu'est-ce qui t'empêchera de les poursuivre ? Alors ils vont demander à Rhys de te ménager, au docteur de veiller à ton bien-être et toutes tes preuves de bonne volonté vont être inscrites à ton dossier avec de petites étoiles dorées à côté.

—C'est bien beau tout ça, mais qu'est-ce que je fais en attendant ? »

Martin souleva les épaules. « Je ne sais pas. Ou peut-être que si... Attends-moi ici. »

Il alla rejoindre les larges étagères de métal qui remplissaient le magasin, fouillant. Stella ne se demandait qu'à peine ce qu'il pouvait chercher. Elle repensait à ce qu'il venait de dire. À l'entendre, c'était dans la poche, mais elle ne parvenait pas à s'en convaincre.

Martin revint avec un petit hémisphère noir qui couvrait à peine sa paume.

« Voilà.

—Qu'est-ce que c'est que ce truc ?

—Tu n'as jamais vu de pod ? »

Stella avait entendu parler des pods, bien entendu, mais elle n'en avait jamais approché un. Elle se sentait gourde. Tout ce qu'elle avait pu se permettre dans sa vie, c'était des livres ringards imprimés sur du papier. Ils pesaient une tonne et coûtaient une fortune, mais moins que le gadget que Martin venait de déposer sur le comptoir. Elle avait honte qu'il la voie comme elle était : pauvre et gourde.

« Avec ça, tu as directement accès à la bibliothèque de l'Académie. Tout ce qui est autorisé pour une aspirante, je veux dire.

Botanique, stratégie, histoire militaire, comptes-rendus de missions… Les gradés surveillent nos lectures, tu peux me croire. Ils remarqueront ton intérêt. Ça te donnera des points. »

Elle lui sourit pour le remercier de sa gentillesse. Elle prit le pod en hésitant. Elle était certaine qu'elle ne comprendrait rien ou presque à ses lectures, mais ça ne coûtait rien d'essayer.

« Merci.

— De rien. Quand tu voudras t'en servir, touche le sommet jusqu'à ce que tu entendes un petit bruit. La machine va reconnaître tes empreintes et ouvrira ton dossier automatiquement. Après, ça va tout seul. »

Elle allait le remercier encore une fois quand une sirène assourdissante retentit dans le couloir.

« Qu'est-ce que c'est que ça ?

— Une attaque. Les unités sont mobilisées.

— L'Académie est attaquée ?

— Mais non, espèce de nouille ! Ça peut être n'importe où en sol américain. Les troupes vont prendre le transport aérien jusqu'à la zone d'opération. L'Escadron Bio S.E. d'abord, puis l'infanterie pour le nettoyage. »

Stella abandonna Martin à ses explications et se mit à courir dans le couloir. Elle voulait voir les pilotes embarquer, alors elle courut de toutes ses forces, ignorant des jambes endolories et les recommandations du docteur Leyland.

Elle retrouva son chemin dans les dédales de l'Académie sans avoir à le chercher, guidée peut-être par son ange gardien, jusqu'aux grandes portes métalliques. Au loin, elle vit Rhys et le peloton des aspirantes. Puis, surgissant de tous les coins, des femmes à la foulée leste, vêtues de leur tenue de combat : casque, jambières ainsi que la jupe si courte des pilotes. L'une passa juste devant Stella. Sa peau foncée au teint vert était celle d'une hybride dépourvue du moindre complexe, cette femme que Stella désirait devenir de toutes ses forces.

Elle aurait voulu rester et assister à leur départ, mais elle dut se retirer, comme les autres aspirantes et les cadettes. Elle s'en alla à reculons, fixant jusqu'au dernier moment les Convertis qui s'animaient dans la lumière brûlante. Elle serrait son pod dans sa main. C'en était fini des lamentations. Elle allait consacrer chaque minute et chaque once de ses forces à son rêve. Alors que la sirène n'existait plus qu'en échos agonisants le long des couloirs, il lui semblait que son pas était plus décidé que jamais.

À sa grande surprise, Stella trouva très simple d'utiliser son pod. Les pages apparaissaient en face d'elle, toujours à l'angle approprié. Elles grossissaient, rétrécissaient ou se tournaient toutes seules, selon ses besoins, sans qu'elle eût à intervenir. Elle savait que ces contrôles s'exerçaient par une fine analyse des mouvements de ses yeux, mais elle eut tout de même l'impression que la machine lisait ses pensées.

Ses lectures étaient aussi moins difficiles qu'escomptées. Toutes ces années passées à grappiller la moindre information sur l'Escadron et le pilotage lui en avait finalement appris beaucoup plus qu'elle ne l'avait cru. Elle n'avait bien entendu jamais eu accès à ces essais sur la stratégie du combat contre les Aberrations, mais leur lecture lui semblait naturelle, leur vocabulaire déjà familier.

Ce qui lui manquait, et qu'elle chercha en vain, était un guide quelconque sur la manière de maîtriser son Converti, de le « serrer », comme avait dit Rhys. Avec son aventure de la veille, c'était ce qui la préoccupait le plus. Peut-être était-ce une expérience trop viscérale pour être communiquée par des mots ?

Au fil de ses lectures, elle découvrit tout un aspect de l'Escadron qu'elle n'avait jamais soupçonné. Elle savait que la base se livrait à d'importants travaux de recherche, mais elle ignorait qu'ils étaient menés en collaboration avec de nombreux partenaires. Les noms de plusieurs universités revenaient constamment, mais il y avait aussi ceux de sociétés privées, dont Chimera.

Lorsque quelqu'un cherchait le responsable de l'apparition des Aberrations, les sociétés développant des organismes génétiquement modifiés étaient souvent pointées du doigt, et Chimera plus souvent que les autres. Puissante, inattaquable, elle était la cible des théories du complot les plus folles, certains allant aussi loin que de dire qu'elle avait créé les Aberrations à dessein. Qu'auraient dit les conspirationnistes s'ils avaient su qu'une part non négligeable du financement même de l'Escadron venait de cette société? Ou encore que les résultats des recherches de l'armée étaient partagés avec elle?

Les documents qu'elle lut — en sautant, il est vrai, de longs passages ennuyeux — traitaient en outre du rôle de l'infanterie, la tâche ingrate du nettoyage que Martin avait évoquée, mais aussi le secours aux blessés. Plus étonnante était la procédure qui commandait d'emmener au centre les femmes et les femelles animales violées par les Aberrations, afin d'étudier d'éventuelles grossesses. Cette pratique était plus ancienne que l'Escadron même et n'avait jamais été interrompue depuis. Elle pensa que sa mère, qu'elle n'avait jamais connue, était sans doute passée dans ce centre, avant que Craggs ne trouve la solution qui permettrait peut-être de sauver l'humanité. Peut-être en dénicherait-elle des traces, en cherchant bien?

Le temps passa vite. On sonna le repas, et Stella vit accourir dans la cafétéria où elle s'était installée ses collègues fourbues, le corps et l'uniforme couverts de poussière.

Clara vint immédiatement vers elle. Elle s'inquiétait pour sa santé et, pour la rassurer, Stella lui raconta la manière dont elle avait occupé sa journée.

Elles mangèrent ensemble. Clara parlait peu, sans doute à cause de la fatigue, mais elle levait souvent les yeux pour lui sourire. Stella était mal à son aise. Les autres filles du peloton la regardaient avec pitié, avec hostilité ou pas du tout, aussi elle était heureuse de l'amitié que Clara lui témoignait, mais elle savait que ses sentiments allaient bien au-delà et qu'elle ne pourrait jamais lui rendre.

Stella passa le lendemain et le surlendemain de la même manière, lisant à la cafétéria, prenant ses repas avec Clara.

Elle constatait à leur allure que la sergente Rhys ne ménageait pas ses camarades. Leurs genoux étaient meurtris, leur teint livide. De jour en jour, elles étaient plus pâles — même Daisy, à la peau café au lait.

Si Clara parlait peu, Stella en apprenait tout de même de plus en plus à son sujet. Fille unique d'un couple d'instituteurs, elle avait postulé essentiellement pour les études et la soupe. Stella n'en fut pas étonnée. Cela expliquait les manières délicates et la vivacité de son amie.

Si Stella était heureuse de cette ouverture, elle n'en avait pas pour autant envie de parler d'elle-même. L'existence idyllique que semblait avoir menée Clara la rendait honteuse de sa vie passée, des foyers d'accueil et d'une enfance occupée à cacher sa nature d'hybride. Elle parla le moins possible de Richard.

Stella évita pendant quelques jours de montrer son corps à ses collègues. Son uniforme ne dissimulait que le principal, mais c'était justement ce qui l'inquiétait. Il lui semblait que les autres filles étaient curieuses de voir son corps là où Orion l'avait possédée. Cela l'empêcha de se doucher en présence de ses collègues. Elle se résolut malgré tout à partager leurs horaires le mieux possible, se levant trop tôt le matin et se couchant tard dans la nuit, à leur retour de l'entraînement. La froide hostilité à son endroit sembla se résorber un peu, même si ces filles devinaient que Stella reprenait ses heures de sommeil en leur absence. Bethy, surtout, cachait mal sa jalousie. Elle croyait peut-être, comme Martin, que Rhys lui avait ouvert toutes grandes les portes de l'Académie en la livrant à Orion.

Au bout de quelques jours, elle se jugea finalement présentable et partagea aussi leur courte douche. Elle remarqua à ce moment-là que Clara la regardait souvent à la dérobée, avec un désir de plus en plus évident. Stella redoutait le moment où elle lui ferait des avances et où elle devrait la repousser. Elle perdrait alors sa seule amie.

Heureusement, la vie de caserne ne leur laissait jamais l'occasion d'être seules ensemble.

Durant ses journées, entre deux lectures, Stella imaginait des scénarios où elle expliquait enfin à Clara qu'elle n'avait aucune attirance pour elle. Toutes ces approches lui parurent inutilement blessantes. Elle voyait arriver l'heure du repas sans avoir trouvé de solution, avec un curieux mélange d'angoisse et d'impatience, et toujours un court moment de soulagement quand elle décidait enfin de remettre la mise au point à un autre jour.

Elle décida cependant de changer de tactique. Stella se mit à parler de Richard le plus possible. Peut-être que Clara comprendrait d'elle-même qu'elle ne s'intéressait qu'aux garçons, et que les caresses intimes qu'elle avait acceptées étaient des accidents qui ne se reproduiraient plus.

C'était le seul moment ou elle pensait à Richard. En moins d'une semaine, sa vie de couple lui était devenue aussi irréelle qu'un film qu'elle aurait vu la veille. Clara, à l'inverse, prenait de plus en plus de place, même dans l'absence. Avec les jours, le désir que son amie avait pour elle l'embarrassait de moins en moins. Elle en venait à le trouver flatteur. Plus en tout cas que les avances grivoises de Martin.

À mesure que les jours passaient, Stella se sentait de mieux en mieux. Les ecchymoses n'avaient pas encore complètement disparu, mais elle ne ressentait plus de douleur. À la fin de la semaine, le docteur Leyland la déclarerait sans doute prête à entreprendre l'entraînement.

Malgré sa hâte de rejoindre les autres, son angoisse augmentait progressivement. Passant une partie de sa vie à la cafétéria, elle pouvait constater que le nombre d'aspirantes diminuait quotidiennement. Les filles qu'elle connaissait le mieux revenaient fourbues. Clara lui racontait parfois des récits effrayants des traitements que leur infligeait la sergente Rhys. Stella tentait alors de l'encourager de son mieux.

Ce soir-là, quand les filles revinrent au dortoir, Clara avait le visage illuminé. Stella fut si frappée par ce changement que Clara s'en aperçut. Elle lui fit discrètement signe avant de disparaître aux toilettes. Stella attendit un peu, histoire de se montrer discrète, puis alla la rejoindre dès qu'on ferma les lumières du dortoir. Elles couraient peu de risque d'être surprises. Les filles, épuisées par leur semaine, s'endormaient dès qu'elles touchaient leurs lits.

À la lumière crue, les traits de son amie étaient toujours aussi tirés. La fatigue accumulée n'arrivait pas toutefois à cacher son extraordinaire beauté. Ses yeux, légerement cernés, brillaient de joie.

« Toi, tu as reçu une bonne nouvelle. Raconte vite ! »

Clara la serra contre elle, si fort qu'elle ranima dans le dos de Stella une douleur dont elle se croyait débarrassée.

« Le docteur Leyland m'a convoquée. Il m'a dit que l'examen médical s'était bien déroulé. Je suis admise comme aspirante. »

Stella retint son souffle. Clara la serrait de si près qu'elle pouvait espérer lui avoir caché son désarroi. Les résultats de l'examen étaient connus ? Et personne ne lui en avait parlé ?

« Je suis si contente pour toi ! »

Pourquoi ne lui avait-on rien dit ? Pourquoi n'avait-elle pas été rencontrée ? Est-ce que son dossier prenait plus de temps à traiter, parce qu'elle avait échoué et que les officiers se demandaient s'ils devaient la garder tout de même, pour éviter les poursuites ? Elle avait l'impression soudaine d'être évaluée, comme une vieille paire de chaussettes qu'on s'apprêtait à jeter.

Elle en était encore à ces réflexions quand Clara l'embrassa.

Le réflexe de reculer fut étouffé par sa surprise. La bouche de Clara, avide, put recouvrir la sienne à loisir, l'explorer, en tester la souplesse. Stella, embarrassée d'avoir accepté ce premier transport, réfléchit à la manière d'aborder la suite. Elle ne voulait pas repousser Clara, la blesser alors qu'elle était si heureuse. D'autant que ses propres bras s'étaient accrochés aux reins de son amie, curieux de savoir si le creux de ses hanches et la chute bombée de son dos étaient aussi agréables à toucher qu'à regarder. S'éloigner maintenant donnerait à penser qu'elle n'était qu'une allumeuse, et les aurait peut-être mises en froid. Profitant de ces réflexions, sa bouche jouait candidement avec celle de Clara, en appréciant le goût. Leurs poitrines se touchaient déjà ; leurs ventres jaloux décidèrent de les imiter, forçant les deux amies à se cambrer.

Au bout d'un moment, Clara retira sa bouche. Voulait-elle discuter, s'expliquer ? Stella n'avait pas envie d'entreprendre la conversation. Les yeux de Clara, fixés sur elle, exprimaient un désir si fort, si sincère, que Stella se sentit caressée jusque dans l'âme. Elle embrassa à son tour Clara, farouchement, décidée à laisser les arrières-pensées et remettre au lendemain les remords et les explications. Il était plus simple d'accepter les caresses, d'être aimée, même sans le mériter.

Depuis combien de temps Clara attendait-elle ce moment ? Stella ne pouvait le dire. Elle ignorait depuis combien de temps elle-même le désirait. Car elle ne pouvait plus se mentir : non seulement l'avait-elle voulu, mais elle attendait la suite avec impatience. Quand les mains de Clara remontèrent sa jupe et agrippèrent ses fesses, Stella ressentit un frisson qui la secoua des pieds à la tête. Toutes les deux ne cherchaient plus qu'une chose : s'isoler dans une cabine, le plus vite possible et sans dessouder leurs bouches ou relâcher leur étreinte. Elles y parvinrent, avec maladresse mais rapidement. La porte se referma presque d'elle-même, et déjà Clara dénudait le ventre de son amante, glissait sa bouche, dents en avant, sur ses flancs frémissants.

Quelqu'un entra dans la salle.

Les deux amies cessèrent tout mouvement et retinrent leur souffle. Stella, aussi doucement que possible, s'agenouilla sur le siège de la cuvette, de sorte qu'on ne puisse voir, de l'extérieur, que deux filles occupaient la cabine. Clara regardait la porte avec terreur. Si elle s'ouvrait, si c'était Rhys qui se livrait à une dernière inspection, il ne lui servirait plus à rien d'avoir été admise.

Elles entendirent les pas se diriger vers les cabines, ouvrir la porte la plus éloignée d'elles, puis se refermer.

Clara alors embrassa chastement Stella et sortit de sa cachette sur la pointe des pieds. Elle lui adressa un ultime sourire ; pour elle, ce n'était que partie remise. Et pourquoi pas ? Stella lui avait donné tous les signes du plus empressé consentement. Elle en était meurtrie.

Stella aurait accepté la bêtise, l'agréable erreur d'un soir. Elle avait eu la sensation d'être aimée, plus qu'avec Richard, plus qu'à n'importe quel moment de sa vie. C'était bon, mais c'était aussi égoïste.

Elle attendit quelques minutes que la fille termine ce qu'elle avait à faire pour quitter à son tour la salle de bain. Dans le silence, elle entendit bientôt des sanglots, de plus en plus désespérés. Elle se sentit désolée autant qu'intruse, même si elle savait que cela signifiait qu'elle aurait bientôt une rivale de moins. Elle sortit le plus discrètement possible, triste, la tête encore pleine de questions.

« Alors, aspirante, on fait la grasse matinée ? »

Stella ouvrit les yeux. Le dortoir était vide. Après avoir longtemps tourné dans son lit, les idées se bousculant dans sa tête, elle avait fini par dormir comme un loir.

« Levez-vous, vous êtes convoquée. »

Stella sentit une couverture glacée se rabattre sur elle.

C'était Laura qui était venue la chercher. La même cadette à la mine sévère que Craggs lui avait présentée quand elle était entrée dans le Centre la première fois. Elle attendait, raide comme un balai, devant le lit. Stella sortit finalement de sous ses draps, exposant son corps imparfait à cette fille qui semblait la juger. Tout était si dur, ici. Si elle avait pu s'entraîner avec les autres, elle aurait peut-être perdu sa pruderie de civile.

Laura lui accorda quelques minutes pour se doucher et revêtir son uniforme. D'habitude, à cette heure relativement tardive, elle avait déjà mangé, mais elle n'avait pas faim. Si on la chassait, elle n'aurait peut-être plus jamais d'autre repas entre les murs du centre.

Elle suivit Laura dans une suite de couloirs et d'escaliers qui menaient aux bureaux administratifs. Ici, tout le monde semblait occupé, mais il y régnait une légèreté étrangère aux autres départements. Les gens se souriaient, et causaient quelquefois entre eux. Les hommes y étaient en majorité, et les femmes ne portaient pas l'uniforme révélateur des pilotes. Personne ne leur accorda la moindre attention.

« Nous y sommes. »

Stella n'en croyait pas ses yeux. La plaquette qui identifiait le propriétaire du bureau indiquait « Colonel Harry J. Craggs ».

« C'est le colonel qui veut me parler ?

— Vous savez lire, c'est bien. J'imagine que vous saurez aussi trouver le chemin ? »

Laura n'attendit pas de réponse et se retira sans un salut.

Stella cogna, terrorisée, à la porte du colonel.

Elle ne pouvait pas imaginer de raison pour que cet homme si important puisse vouloir lui parler. Pas en dehors de son incident avec le Converti. De cette mésaventure, il ne pouvait venir que de mauvaises nouvelles. Exclusion de l'Académie. Amende pour avoir endommagé les biens de l'Escadron. Même la cour martiale — le docteur Leyland l'avait évoquée. Les belles assurances que lui avait données Martin s'étaient envolées. Elle sentait ses jambes mollir.

Elle avait frappé avec si peu de force qu'elle craignit un moment de ne pas avoir été entendue. Très rapidement pourtant, on lui commanda d'entrer. Ses mains moites eurent peine à tourner la poignée.

La porte ne donnait pas sur le bureau du colonel, mais sur un vestibule spacieux où se trouvaient sa secrétaire et quelques chaises. « Je suis Stella. Le colonel m'a convoquée. »

La secrétaire approuva et annonça par téléphone au colonel que l'aspirante qu'il avait demandée attendait. Elle prononça ces mots sans quitter Stella du regard.

« Asseyez-vous. Le colonel vous recevra dans quelques instants. »

La jupe de Stella était trop courte pour protéger ses jambes du cuir froid qui couvrait les chaises. Elle frissonna un moment. La secrétaire continuait de la fixer comme une bête curieuse, la détaillant de haut en bas, comme l'aurait fait un client dans un bordel. Stella serra les cuisses pour cacher son sexe, dangereusement près du rebord du vêtement. Pour penser à autre chose, elle regarda la décoration du bureau.

Les murs étaient couverts de photographies représentant divers Convertis, sans doute les meilleurs de la courte histoire de l'escadron. À l'extérieur, on les appelait parfois à tort « mecha » à cause de leur apparence mécanique. Sur certaines photos, on pouvait voir la pilote, le pistil sexuel de son monstre bien ancré en elle. C'était la plus fière expression de force que Stella connaissait. Pourtant, quand elle s'était retrouvée dans cette situation, elle s'était sentie très loin de cette image de contrôle. Complètement dominée par son appareil, elle s'était laissée aller à de multiples orgasmes et avait risqué la vie de plusieurs collègues.

Stella entendit les doigts de la secrétaire se remettre à taper, et elle en conclut qu'elle avait cessé de la fixer. Elle en profita pour la regarder à son tour. Elle portait l'uniforme militaire de l'académie, mais avec un négligé inhabituel. Les boutons de sa blouse étaient détachés jusque sous sa poitrine, ouvrant un décolleté impressionnant qui n'était certainement pas réglementaire. On pouvait voir sans mal son soutien-gorge doré. Le colonel devait apprécier ce genre de spectacle pour l'autoriser ainsi.

La porte s'ouvrit. Le colonel se tenait là et lui souriait.

Stella sentit son cœur se serrer. Le colonel la déshabillait du regard. Ses yeux la parcouraient sans fausse gêne, comme pour retrouver l'image de sa nudité qu'il avait déjà pu apprécier à deux reprises. Elle se leva, tremblante, et constata avec terreur qu'elle commençait déjà à mouiller. Elle serra ses jambes alors qu'elle marchait vers le bureau.

Le colonel, affable, conduisit Stella vers une chaise en gardant une main chaleureuse sur son épaule. Il s'installa derrière son bureau de manière nonchalante, informelle.

« Alors, aspirante ? Comment vous portez-vous ?

— Seulement encore un peu courbaturée, mon colonel. Je pourrais commencer l'entraînement avec mes consœurs n'importe quand, mais le docteur Leyland insiste pour m'examiner avant de l'autoriser. Et comme c'est un homme très occupé…

— En effet. Le docteur Leyland est le meilleur dans son domaine. Personne ne connaît les organismes hybrides autant que lui, aussi il est constamment sollicité, autant par notre département d'ingénierie que par la recherche. Ceci dit, je crois qu'il pourrait avoir à vous réserver une place dans son horaire.

— Pourquoi cela, mon colonel ? »

Craggs se cala encore plus profondément dans sa chaise. Par un réflexe inverse, Stella se redressa.

« Dites-moi, Stella, pourquoi désirez-vous devenir pilote ?

— Pour défendre la terre contre les Aberrations. »

C'était une réponse prémâchée, digne des pubs de recrutement. Elle l'avait livrée sans même réfléchir.

« C'est très noble. Je ne doute pas de vos bonnes dispositions, mais y a-t-il d'autres raisons ? Certaines filles viennent pour le salaire, d'autres pour que l'armée paie leurs études. Certaines cherchent l'aventure, les sensations fortes. Rien de tout ça n'est mal en soi. Simplement, aucune fille ne se doute des efforts qu'elle devra investir pour devenir pilote. Pas qu'elles soient frivoles ou sottes. Je fus le premier à imaginer que des femmes pourraient dominer ces monstres, le premier à les en croire capables. Et même moi, je suis incapable de me représenter la somme des efforts à fournir pour en arriver là. Pour y parvenir, il faut le talent, mais il faut surtout une solide motivation. Si la motivation manque, l'échec est inévitable. Alors, Stella, qu'est-ce qui te motive ? »

Le colonel la tutoyait ? Était-ce une erreur ? Ou quelque chose avait-il changé dans leurs rapports ?

« Je ne sais pas… Je… J'en ai toujours rêvé.

— Le rapport que j'ai ici dit que tu es une hybride. Je n'ai rien contre les hybrides, tu sais. Elles font en général les meilleures pilotes. Mais elles pensent aussi souvent que le pilotage des Convertis est leur seule chance de s'en sortir. »

Stella sentit son cœur se serrer.

« Écoute, Stella, je vais me permettre d'être direct. J'ai une copie de ton examen médical ici, et l'infirmière recommande de rejeter ta candidature. »

Après ce long préambule, la sentence était trop brutale. Il semblait à Stella qu'elle avait raté une réplique, qu'il y avait une faute. Quelqu'un crierait « coupez ! » et on reprendrait au début. Toute la crainte, toute l'appréhension qu'elle avait accumulées déferlèrent tout à coup sur ses joues, comme si une digue en elle avait cédé.

« Ce n'est pas ma faute ! »

Voilà tout ce qu'elle trouvait pour se défendre ? Cette excuse d'enfant ? Elle aurait aimé dire autre chose, mais avec les larmes et les sanglots qui se pressaient, il ne lui restait que ces mots dérisoires qui s'étranglaient à peine émis. « Ce n'était pas ma faute ! »

Le colonel semblait triste pour elle. Il leva la main à quelques reprises pour interrompre les explications dérisoires, et Stella chercha à se maîtriser autant de fois.

« Du calme, Stella. Tu vois, il t'est arrivé une terrible mésaventure. La sergente Aki Rhys a commis une erreur fatale en te demandant de piloter ce Converti. Une erreur si grossière que tout le monde l'a immédiatement compris. N'importe quelle fille aurait été gravement blessée, voire pire. Mais toi, tu t'en es tirée avec quelques ecchymoses. Ce n'est pas un hasard ; la chance ne suffirait pas. C'est de l'entraînement, et de la motivation. Voilà la raison pour laquelle je voulais te rencontrer, tirer cette histoire au clair. »

Le colonel ouvrit la chemise contenant le rapport. Il le feuilleta, allant directement à la dernière page.

« En gros, il est dit que tu es très sensible, et que tu as eu plusieurs orgasmes durant l'examen. Encore là, je n'ai rien contre ça. Sauf que toutes les femmes qui ont piloté un Converti décrivent l'expérience comme, disons, "stimulante". Durant ton expérience avec Orion, tu as dû t'en rendre compte. Une part importante du danger vient de là. Un combat n'est pas une partie de jambe en l'air.

— Je ferai n'importe quoi ! S'il vous plaît ! »

Il se leva et s'approcha d'elle pour la consoler. Stella laissa choir sa tête contre le ventre dur du colonel. Son regard tomba sur sa braguette, et sa première idée fut de la détacher, de gagner avec sa bouche ce que sa chatte avait perdu.

« Pourquoi veux-tu devenir pilote ?

— C'est ma seule chance. Dès que j'ai une repousse, les gens voient que j'ai les cheveux verts en dessous. Je ne peux même pas garder un travail de serveuse.

— Voilà ! Tu vois ? C'est honnête. Et, surtout, c'est une vraie motivation. »

Le colonel venait de lui rendre la vie.

« J'aurai droit à un autre examen ?

— Je ne sais pas. En as-tu envie ? »

Elle répondit que oui, par la voix et les gestes, avec trop de désespoir. Derrière sa détresse, elle sentait qu'elle réagissait comme un pantin, bougeant comme on l'attendait au moindre fil que le colonel tirait.

« Voici ce que je te propose. Je vais te faire passer un examen sommaire, ici et tout de suite. Si je juge que tu en as le potentiel, je demanderai à ce que ton cas soit réévalué. »

Stella serra encore les cuisses en entendant ces mots. Elle tenta de lire le visage du colonel ; il était aussi paisible, aussi posé que d'habitude, nullement gêné par l'énormité de sa proposition. Tout cela lui semblait normal. Et pourquoi cela ne l'aurait-il pas été ? Les règles de l'Académie étaient différentes.

De toute manière, la première hésitation de Stella n'avait été que pur réflexe. Si le colonel avait voulu abuser de la situation, aurait-elle refusé ? Aurait-elle eu la sottise de repousser Harry Craggs le jour où il s'offrait à elle ? Douter de son honnêteté n'était pas seulement indigne, c'était terriblement vaniteux. Elle accepta d'un signe de tête grave, ravalant ses derniers sanglots.

« Moi aussi, Stella, ça m'embarrasse beaucoup. C'est bien ce que tu veux ? »

Pourquoi insistait-il ? Elle répondit oui très vite ; cette proposition était une chance qui ne se représenterait plus.

« Alors, déshabille-toi, s'il te plaît. »

Elle se leva, tremblante. L'excitation qui avait déjà commencé à la gagner s'accentuait ; elle ne parviendrait pas à la lui cacher. Il ne la quittait pas des yeux, tranquille, attentif au moindre détail. Elle choisit la hardiesse et enleva sa jupe d'un geste brusque. Craggs ne broncha pas devant l'apparition de son sexe ; il attendait la suite. Son immobilité n'avait rien à voir avec de la nonchalance ou de l'indifférence ; elle sentait une fébrilité derrière ses yeux, comme chez un joueur d'échecs. Il l'encouragea à poursuivre d'un regard doux. Pour lui, rien de plus naturel que cette drôle d'audition. Stella elle-même commençait à s'habituer aux exhibitions que l'Académie exigeait. Cela devenait banal, presque routinier. Ce ne fut qu'au moment d'enlever son t-shirt, quand sa vue fut obstruée, quand elle ne pouvait plus voir l'homme qui la détaillait qu'elle réalisa que cet homme, c'était le colonel Craggs. Une semaine avant, elle aurait marché sur des charbons ardents pour qu'il lui adresse la parole. À cette pensée, elle sentit une main brûlante s'appuyer à son flanc. Elle finit de passer le vêtement au-dessus de sa tête. Le colonel s'était rapproché et, toujours assis, il tâtait son ventre d'une main, puis des deux.

« Tu t'es beaucoup entraînée, on sent les muscles.

— Je veux être pilote depuis que j'ai douze ans.

— Et tu as entraîné aussi le reste ? »

Elle hocha rapidement la tête. Pour obtenir son premier gode-michet, elle avait dû demander à sa grande sœur de le lui acheter. Pas sa vraie sœur, bien sûr — comme beaucoup de métisses, Stella n'avait jamais connu sa famille.

Elle ne se souvenait plus de ce qu'elle lui avait raconté — et lui avait promis — pour obtenir cet objet. Ce dont elle se souvenait, c'est qu'elle avait gardé son rêve pour elle, comme si quelqu'un avait pu le lui dérober. Elle avait commencé à s'entraîner à la première occasion. Cette expérience avait été une révélation. Elle répétait un à un les exercices qu'elle avait trouvés dans les livres, mais elle ne se doutait pas qu'ils seraient aussi plaisants. Elle s'entraîna ainsi chaque fois qu'elle le pouvait. Elle ne comprenait pas encore que ses orgasmes étaient un ennemi, une limite qu'il ne fallait pas atteindre. Elle avait demandé un autre godemichet à sa sœur, plus gros, mais elle avait refusé, la traitant de salope. Elle avait alors dû improviser avec des objets courants ; manches, légumes, tubes de toutes sortes. Elle inscrivait les diamètres dans un cahier, traçait des courbes illustrant ses progrès, tout ça dans une sorte de code inventé par elle. Elle guettait avec anxiété le moment où elle atteindrait celui du pistil sexuel moyen d'un Converti.

« J'enlève aussi le soutien-gorge ?

— Comme tu le préfères, Stella. »

Elle hésita une seconde de trop ; ses mains prirent la décision pour elle. C'était le colonel, après tout. Tout ce qu'elle pourrait lui donner, elle le lui donnerait. Quand elle sentit l'air frôler ses seins nus, elle se sentit débarrassée d'un poids.

« Je vais devoir insérer mes doigts. Ça va toujours ?

— Bien sûr.

— Alors, assieds-toi sur mon bureau. »

Il se cala dans sa chaise et écarta le dossier afin de céder la place. Dans la chemise de carton ouverte, Stella remarqua des photos d'elle à l'examen. Jusque là, elle n'avait pu que s'imager debout, portant ses mensurations écrites sur sa peau, ou encore à quatre pattes, gardant en elle des godemichets si gros qu'elle avait du mal à le croire elle-même. Elle s'installa sur le bureau, posant ses pieds encore bottés sur chaque accoudoir, et se cambra en arrière, aussi ouverte qu'elle l'avait été lors de sa tonte, le premier jour. Elle guetta la moindre expression du colonel, espérant lui plaire, fière du feu qu'elle croyait voir à travers ses yeux.

Le colonel avait regardé ses photos. Stella savait qu'un homme ne pouvait rester indifférent devant de tels clichés, et surtout pas si la fille photographiée était à sa portée. Il avait peut-être organisé cette rencontre pour la voir, la toucher, la prendre. Il la désirait tant qu'il allait user de son autorité pour forcer son admission. Sans doute s'était-il souvenu d'elle, courant nue dans le couloir, et cette image ne l'avait plus quitté depuis. C'était bon de le croire. Cela la calmait.

Elle réprima un frisson lorsque les mains du colonel effleurèrent ses lèvres. Il les écarta délicatement, comme on tire un coin de rideau pour regarder sans être remarqué. Il glissa un doigt à l'intérieur d'elle, puis un deuxième.

Une flamme se mit immédiatement à grimper en Stella, envahissant son ventre, menaçant de l'embraser tout entière. C'était mauvais. Exactement ce qu'elle devait éviter. Et comment l'aurait-elle pu ? Le colonel Craggs la touchait dans ce qu'elle avait de plus intime, et elle aurait dû rester froide ? Après avoir un peu hésité, elle se laissa aller, ferma les yeux et attendit la suite.

« Stella, je veux que tu serres mes doigts le plus fort possible. »

Elle obéit, et sentit bientôt les phalanges se froisser dans son vagin ; elle crut même entendre une légère exclamation de douleur.

« Tu es très bien entraînée, Stella. »

Pourquoi était-il si gentil ? S'il s'était montré plus critique, la terreur de Stella aurait peut-être paralysé son désir. Elle savait ce qui viendrait ensuite et, déjà, il la massait de l'intérieur. L'extrémité de ses doigts pointait vers le haut, directement en contact avec cette sorte de barre qui, en elle, se chargeait de plaisir et le conduisait plus profondément dans son corps, dans son âme.

Si l'examen ne se terminait pas maintenant, son rêve s'évanouirait. Elle ne pouvait pas demander au colonel d'arrêter, mais elle pouvait tenter de le vaincre au jeu du désir, l'exciter au-delà de ce qu'il serait capable de supporter.

Stella gémit, autant par plaisir que par provocation.

« Tu es très lubrifiée aussi. C'est bien »

En ouvrant les yeux, elle desserra aussi la bouche, comme prête à l'y accueillir. Elle le fixa ainsi, la langue à la pointe des dents. Cela avait toujours rendu Richard fou.

« Tu as du plaisir, Stella ? »

Elle hocha la tête avec un soupir manifeste. Elle sentit le mouvement des doigts s'accélérer. De son autre main, il caressa son clitoris en mouvements circulaires.

« C'est ce que tu as ressenti aussi lorsque l'infirmière t'a fait passer ton examen ? Tu as joui devant tout ton peloton ? »

Qu'aurait-elle pu répondre à cela ? Son premier mouvement avait été de lui dire ce que Richard aurait voulu entendre : qu'elle était une salope et qu'elle aimait le sexe avec n'importe qui, n'importe quand. Mais ce n'était pas Richard.

« Réponds-moi.

— Ce n'était pas la même chose.

— As-tu joui ?

— Oui, mais ce n'était pas la même chose. »

Cet interrogatoire l'avait refroidie, et Craggs le sentait bien. Il cessa le mouvement de ses doigts, les retira. Stella craignit l'avoir effarouché, alors qu'elle était si près du but.

Il frappa sa chatte de sa main ouverte. Il n'y mit pas trop de force, mais elle sentit le coup. Elle se sentit immédiatement submergée par une vague de feu. La surprise lui ôta ses moyens, et peut-être aussi l'écho du coup qui se répercutait en elle. Régulièrement, Richard lui avait donné la fessée, pincer ses mamelons, et elle avait toléré. Ses sensations alors n'avaient rien à voir avec ce qu'elle ressentait maintenant.

« Tu as joui devant tout ton peloton. Tu es une salope.

— Non ! »

Ce n'était pas ce qu'il voulait entendre. Il frappa son sexe une nouvelle fois, de manière sonore, douloureuse. Le feu revint, pour de bon cette fois. Une marmite y bouillonnait au fond de son ventre, débordait parfois avec des excès de liquide chaud. Pour laisser échapper un peu de pression, elle lâcha l'aveu.

« C'est l'humiliation. C'est plus fort que moi. »

Le souffle lui manquait quand elle prononçait plus que des monosyllabes. Elle se laissa aller à un doux engourdissement.

« Tu aimes être humiliée ?

—Non.»

Il déposa sa main sur sa chatte, mais c'était pour la caresser encore. Elle était plus humide que la dernière fois.

«Mais ça t'excite?

—Oui.

—Et maintenant, tu te sens humiliée?

—Non.

—Mais tu es excitée?

—Oui.»

Il se pencha sur elle, jusqu'à toucher de son nez son mont de Vénus. Elle sentit sa langue se glisser entre ses lèvres, trouver son clitoris et le chatouiller. Le plaisir vint immédiatement. Elle ignorait ce que la technique du colonel pouvait avoir de différent de celle des autres mâles qui avaient posé là leur bouche, mais elle était incomparablement meilleure. Elle serra les paupières, réprima un cri, se demanda un moment si Craggs préférait qu'elle jouisse tout de suite, ou qu'elle attende qu'il soit en elle tout entier.

La question ne se posa pas longtemps. Elle se sentit submergée de plaisir et, incapable de se retenir plus longtemps, elle s'abandonna, serrant tout de même les lèvres. De l'autre côté d'une simple porte vitrée, il y avait la secrétaire, après tout.

Craggs poussa sa langue en elle aussi profondément que possible, comme pour s'abreuver à cette source enivrante, alors que les sursauts de plaisirs de Stella s'allongeaient en s'amincissant, se muant en une sorte de brûlure. Quand la langue la quitta, Stella respira le plus profondément possible afin d'engloutir de force le cri qui exigeait de sortir.

«C'est ton tour, Stella.»

Reprenant son emprise sur elle, elle redressa la tête et lui accorda un sourire. Elle glissa jusqu'au sol, ses genoux placés de part et d'autre des chaussures du colonel, de manière à être très proche de lui. Il baissa son pantalon. Sur sa cuisse gauche, une large cicatrice blanche courrait vers le haut et disparaissait sous sa chemise. Elle ne perdit pas de temps à se demander quel accident, quel terrible combat l'avait ainsi marqué. Elle titilla des dents le sexe encore enfermé dans les sous-vêtements du colonel, qui gonfla jusqu'à en émerger tout seul. Elle glissa le bout de sa langue sur l'espace étroit à la base du gland exposé, ce millimètre de peau si sensible qu'il pouvait faire fondre un homme. Le colonel prit sa queue dans sa main et, impatient, en frotta l'extrémité sur les lèvres de Stella. Quand elle ouvrit la bouche, il entra très vite, très fort, et elle le laissa agir à sa guise.

Il n'avait pas été brutal, mais Stella avait senti dans son geste qu'il était pressé de jouir d'elle. Elle le laissa un moment profiter de sa bouche comme il l'entendait avant de prendre les choses en main. Saisissant le membre du colonel très près de sa base, elle le caressa en remontant. Le mouvement fit jaillir un jet de liquide chaud sur sa langue. Elle comprenait qu'elle pourrait l'amener à l'orgasme en une minute, peut-être moins. Idéal pour son avancement, sans doute. Elle craignait de surcroît qu'on les surprenne. Cette seule idée la remplit de chaleur. Non, elle en avait assez d'exciter les hommes sans rien obtenir. Elle voulait le sentir en elle, ce colonel, et tout de suite.

L'important alors était de prendre son temps, de le mettre hors de lui. Alors qu'elle laissait glisser ses lèvres de haut en bas sur le pénis dur, elle le regardait dans les yeux. Quand, à l'occasion, elle sortait le gland de sa bouche pour le lécher ou l'embrasser légèrement, il devait se maîtriser pour ne pas céder à l'impulsion de la prendre sans attendre, juste sur son bureau. Stella commençait elle aussi à atteindre les limites de sa patience. Elle espérait que Craggs cède avant elle, et qu'il fût aussi artiste avec sa queue qu'avec sa langue.

« Comment te sens-tu, ma belle ?

— Très bien. J'ai chaud. » Elle ferma les yeux et enfonça le pénis aussi profondément qu'elle le pût dans sa bouche. Le colonel poussa un gémissement si bruyant que la secrétaire l'avait sans doute entendu. Elle le retira et le regarda d'une mine suppliante surjouée, espiègle. « Est-ce que j'aurai droit à un deuxième examen ?

— Je ne sais pas. Celui-ci n'est pas encore terminé. »

Il saisit la chevelure de Stella et l'obligea à se redresser. Il toucha rudement ses seins et l'embrassa longuement sur la bouche. Stella se sentit toute molle. Elle craignit un moment que tout cela ne fût qu'un rêve. Alors il la força à se pencher sur son bureau et la prit par-derrière, brusquement. Stella était prête à le recevoir. Elle sentit un poids se dégager de ses épaules alors que son amant glissait en elle. Elle mit son entraînement à profit, étreignant le pénis en elle avec force et passion. Son plaisir décupla immédiatement. Elle pressa une main sur sa bouche pour étouffer ses cris, laissant ses seins déposer leur sueur sur le bois dur et froid.

« Tu t'es bien entraînée, ma garce. Tu ferais peut-être une bonne pilote, après tout. »

Sa voix était chaude, profonde et douce, même quand il l'insultait.

Il se pencha sur elle, étira son bras pour saisir son dossier, étala les photos d'elle sur le bureau, juste devant ses yeux.

« Tu aimais ça, être à quatre pattes devant les autres filles ? Tu aimais te laisser insérer des objets dans tes deux trous à la fois, pendant qu'elles regardaient ?

— Oui, j'aimais ça. »

C'était un mensonge. Une réplique de théâtre, qu'elle répétait autant pour elle que pour lui. L'expérience l'avait excitée, c'était vrai, au point qu'elle en avait les cuisses couvertes de cyprine, au point qu'elle avait dû immédiatement après aller se caresser dans les toilettes pour soulager son désir. Mais ça ne lui avait pas plu.

« Regarde-toi pendant que je te baise ! »

Il frappa sa fesse de sa main ouverte. Elle ressentit une douleur cuisante, mais elle craignait surtout que le claquement se soit répercuté jusque dans le couloir.

« Regarde-toi. »

Elle se regarda. Les photographies n'avaient rien de très artistique. On la voyait debout, les mains sur la tête, et on pouvait lire sur sa peau son nom et ses mensurations. Les autres cadraient étroitement son sexe, ses fesses bien écartées, parfois les objets énormes que l'infirmière y avait insérés, et elle se rappelait les blagues cruelles de la sergente Rhys, le regard de ses camarades sur ses cuisses trempées, et cela lui suffit pour ressentir cette même excitation. Seulement, cette fois, elle en était heureuse, parce qu'elle partageait son secret avec le colonel. Il n'y a pas si longtemps, c'étaient ses photos à lui qu'elle regardait quand on la prenait par-derrière.

Elle jouit en mordant son poing, afin de ne pas alerter davantage la secrétaire, mais ses gémissements ne se laissaient que partiellement étouffer.

« Tu as joui, pendant ton examen ?

— Oui, j'ai joui.

— Devant toutes les autres filles ?

— Plusieurs fois. »

Il avait cessé de bouger en elle. Elle le sentait toujours, plus dur que jamais. Elle en voulait encore et, fébrile, elle glissa sa main droite jusqu'à son clitoris pour le masser frénétiquement.

Au moment où elle allait jouir de nouveau, le colonel se retira. Elle fut vivement déçue, mais elle sentit bientôt qu'il tentait de la pénétrer juste au-dessus. Pleine de bonne volonté, elle l'aida en écartant les fesses, un peu déconcertée tout de même par ce changement de scénario. Elle n'avait jamais aimé être prise ainsi, même si son entraînement lui permettait de le faire sans problème particulier. Elle n'y avait consenti que sous l'insistance de Richard et sans jamais en éprouver grand plaisir.

Elle sentit rapidement qu'avec le colonel, ce serait différent. Il frappa sa fesse droite si fort qu'elle en ressentit une brûlure. Elle ne retint un cri qu'avec grand peine. Puis il fessa la gauche, avec moins de force, mais deux fois. La douleur glaça le plaisir qui se construisait dans son ventre, mais il revint aussitôt, plus fort qu'avant. Elle serrait les dents pour ne pas alerter la secrétaire, bien que cette dernière eût certainement entendu les claquements.

Il la frappa encore, juste là où le premier coup laissait encore sentir sa morsure, et ne put s'empêcher de geindre. Le plaisir s'évanouit d'un seul coup, laissant toute la place à la douleur cuisante, mais ce n'était que pour revenir décuplé. Était-ce de savoir qu'il y avait un témoin à leurs ébats ou une magie étrange que maîtrisait le colonel ? Elle resserra les courbes de la spirale qu'elle dessinait sur son clitoris. Le colonel se déchaînait, poussant exclamations et grognements si forts que Stella abandonna tout espoir de n'être plus entendue. Elle se laissa aller à son tour, sans retenue, ouvrant les vannes de son plaisir. Ses peurs, sa honte et ses peines des derniers jours étaient submergées.

Quand il finit par jouir, profondément en elle, Stella resta un moment prostrée sur le bureau. Il se pencha pour la regarder en face, avec un sourire fatigué.

« Alors, c'était bien ?

— Ai-je passé mon examen ?

— Tu auras une deuxième chance. J'espère que tu échoueras encore, que je puisse t'examiner de nouveau. »

Elle sourit avec l'innocence et la faiblesse de l'ange vaincu.

— Si je le passe, je reviendrai vous dire merci. »

# UN EXTRAIT DE "SVP DOCTEUR"

Le docteur était suivi de quatre garçons et autant des filles vêtus de blouses blanches. C'étaient sans doute les internes dont Alissa avait parlé. Ils envahirent l'infirmerie sans gêne, sans même sembler avoir remarqué qu'elle était toute nue. À la chaleur de ses pommettes, Stella savait qu'elle avait encore le rouge aux joues.

« Bonjour Stella. Mesdames, messieurs, je vous présente l'aspirante Stella. Vous avez sans doute entendu parler de cette officière un peu étourdie qui a cru que ce serait une bonne idée de confier un Converti à une aspirante le premier jour ? Voici l'aspirante en question. Stella a échoué de peu au premier examen, prodigué par l'infirmière Alissa Vickers ici présente. »

Alissa salua le groupe de la tête, mais les jeunes médecins lui accordèrent à peine un moment d'attention.

« L'examen d'admission n'exige pas la présence d'un médecin, aussi c'est toujours madame Vickers qui s'en charge. Elle a ainsi évalué la sensibilité de Stella, et c'est sur ce point que sa candidature a été écartée par le comité. Cependant, lors de l'incident dont je vous ai parlé, elle a démontré un sang-froid remarquable. L'absence de toute séquelle tend aussi à prouver que sa préparation a été exemplaire. Aussi, le comité a décidé de lui accorder une seconde chance. »

Leyland se tourna vers elle. « Comment te sens-tu, Stella ?

— Un peu nerveuse. Je ne savais pas qu'il y aurait du monde.

— Tout le monde doit apprendre. Lors des examens de groupe, il n'y a pas de place pour des observateurs, alors ceci est une occasion précieuse. Mais ne t'inquiète pas : ces jeunes gens sont déjà très professionnels. »

Professionnels ou pas, Stella sentait leurs regards couler sur elle comme une eau chaude. S'ils avaient témoigné la moindre émotion, elle aurait fondu sur place.

« Madame Vickers a noté la grande sensibilité sexuelle de Stella. Selon son rapport, elle a eu… » Il sortit un pod de sa poche et consultât les carholos. Stella put voir des photos d'elle, accroupie et pénétrée par les énormes godemichets d'examen, flotter dans l'air. « Elle aurait ressenti quatre orgasmes. C'est bien entendu beaucoup trop. En général, un seul suffit pour rejeter une candidature. Ceci dit, le test du triage est très sommaire, et n'utilise aucun instrument qui puisse vérifier la force des orgasmes en question. En ce qui nous concerne, nous allons utiliser le tout dernier cri des méthodes d'évaluation, que Stella aura l'honneur d'inaugurer. »

Stella sursauta.

« Une méthode expérimentale ?

— En effet.

— Mais je n'ai pas pu m'y préparer. »

L'injustice du procédé lui semblait évidente, trop pour avoir besoin d'être expliquée. Toutes les candidates connaissaient d'avance la nature de l'examen d'entrée. Et, à moins d'être complètement idiotes, elles s'entraînaient spécifiquement pour ces épreuves.

« D'une certaine manière, Stella, vous êtes la personne la mieux préparée pour ce nouveau test.

— Et en quoi ?

— Je ne veux pas trop vous en dire. Il faut que vous vous détendiez. Vous n'avez aucune appréhension à avoir. »

Qu'est-ce que c'était que ce nouveau traquenard ? Elle ne s'attendait certainement pas à une telle surprise de la part du docteur Leyland. Le colonel était-il au courant ?

« Vous savez que notre département de recherche est très actif. Nous améliorons sans cesse nos procédés. Un jour, le test que vous allez passer deviendra la norme pour toutes les candidates. Suivez-moi. »

Leyland sortit de la salle. Stella le suivit dans le couloir, sans plus penser à lui demander quelque chose pour cacher son corps. Il y avait là une civière munie d'entraves de toile épaisse.

« Couchez-vous là-dessus, s'il vous plaît. »

Stella hésita. Tout en cachant de ses bras et de ses mains sa poitrine opulente et son sexe glabre, elle guettait le couloir. Elle ne savait pas exactement si elle craignait d'être vue ou si elle espérait du secours.

« Vous allez m'attacher ?

— Ce n'est pas pour vous contraindre, Stella. Seulement pour vous éviter de tomber.

— Mais je ne vais pas tomber d'une civière…

— Je vous en prie, ne faites pas l'enfant. »

À contrecœur, Stella se hissa sur la civière et s'étendit sur le dos. Heureusement, le docteur ne l'attacha pas immédiatement, ce qui lui permit de cacher son sexe avec ses mains alors qu'ils traversaient les couloirs. Sa peau entrait par endroits en contact avec la toile rugueuse, et elle s'imaginait déjà, liée, exposée, impuissante. L'air froid lui donnait la chair de poule et contractait l'extrémité de ses seins. C'était pire que l'examen du triage. Sous ses doigts, elle sentait des ruisseaux issus de son excitation.

Après un parcours qui lui sembla interminable, Stella fut finalement poussée dans la salle d'observation. C'était une vaste pièce sombre, dont tout un pan de mur était occupé par un miroir. Il y avait au fond un grand appareil, d'un noir lustré, qui ressemblait un peu à un petit réfrigérateur. Le docteur l'installa en face, les pieds dirigés vers la mystérieuse machine.

« Nous allons maintenant assujettir Stella à sa civière, pour sa propre sécurité. »

Les étudiants lui prirent les membres et commencèrent à l'attacher solidement. Anxieux, ils faisaient peut-être un peu de zèle, car Stella trouva les courroies très serrées. Alissa, comme à contrecœur, bouclait celles qui tenaient sa poitrine, au-dessus et en dessous des seins.

Elle entendit un bruit juste au-dessus d'elle, mais Alissa obstruait sa vue.

« Qu'est-ce que c'est ? »

Perplexe, Alissa mit un moment à comprendre à quoi elle faisait allusion. Elle s'écarta. Stella put alors voir un appareil menaçant suspendu au-dessus de sa poitrine. Il était brillant, couvert de chrome et bardé de pointes aiguës qui s'agitaient dans sa direction. Une sorte d'araignée de métal qui devait peser dans les quinze kilos.

« Ne vous inquiétez pas. Cet appareil est un peu sinistre, mais il sert tout simplement à enregistrer votre battement cardiaque, le rythme de votre respiration, votre pression artérielle et même vos réponses chimiques, grâce à ces petites antennes. Il n'y aura pas le moindre contact. »

À moitié rassurée, Stella tenta de se détendre un peu. Que pouvait bien fabriquer le colonel ?

« Tout au long de l'examen, nous pourrons enregistrer des données précises sur la physiologie de Stella. Rythme cardiaque, sudation, taux de certaines hormones, activité cérébrale, tension. Nous pourrons ensuite comparer ces données avec celles que nous avons recueillies sur de véritables pilotes à l'entraînement. Bientôt, toutes les candidates seront soumises à ce nouveau test, et vous pourrez dire que vous étiez là quand il a été utilisé la première fois. »

Un bruit métallique sourd se fit entendre, comme un coup donné dans un baril d'acier. Cela semblait venir de la sinistre boîte qu'elle avait aperçue en entrant. Que pouvait-elle bien contenir ? Son sexe ouvert était dirigé droit vers elle. Tout à coup, tout devint noir. Elle sentait sur son visage la pression d'un tissu velouté.

« Que se passe-t-il ?

— Je vous mets un bandeau sur les yeux. C'est pour vous éviter un stress supplémentaire. »

Elle entendit son cœur accélérer, ses battements répercutés par des « bips » qui résonnaient dans ses oreilles. L'araignée de métal avait commencé son travail.

*Le docteur Leyland est gentil. Je peux avoir confiance. Le docteur Leyland est gentil…*

« Je vous en prie, docteur ! Enlevez-moi ce bandeau.

— Un peu de courage, Stella. Il faut à tout prix éviter de fausser les données. »

« Si nous procédions, docteur ? dit Alissa. Stella ne semble pas très à l'aise.

— Nous attendons un invité important. Il ne devrait plus tarder. »

Stella entendit la porte s'ouvrir ainsi que les pas d'une personne qui approchait. Instinctivement, elle tourna la tête dans cette direction, mais le bandeau ne lui permettait même pas de voir une lisière de lumière.

« Mon colonel, nous serons prêts à procéder quand vous le voudrez. Je demanderais aux internes d'aller dans l'autre pièce. »

Dans le brouhaha des pas qui s'éloignaient, Stella chercha en vain un signe de la présence de colonel. Cela la damnait de savoir qu'il était là, juste à côté, et qu'elle ne pourrait pas même en tirer un sourire encourageant.

« Je dois admettre, docteur, que c'est assez différent de ce à quoi je m'attendais. Tout cela est-il bien nécessaire ?

— Nous avons réalisé de grands progrès dans nos recherches, et les applications pratiques sont plus nombreuses qu'on pourrait le croire. J'espère que votre présence permettra d'accélérer la mise en place de certaines innovations dans la séquence de tests. »

La voix de Leyland témoignait d'une excitation que Stella ne lui connaissait pas.

Trois coups sourds se firent entendre, semblables aux précédents. Stella n'osait pas demander d'où ils provenaient.

« Qu'est ce que c'est que ça ?

— Ce son provient de la grande boîte noire que vous voyez là-bas. Ne vous en approchez pas. Ne passez jamais à moins de cinq mètres de cette boîte. »

Le corps entier de Stella se révoltait. Ses mains voulaient arracher le voile de ses yeux.

— Enlevez-moi ce bandeau, je vous en supplie !

— C'est pour vous éviter un stress supplémentaire, Stella.

— Allons, dit le colonel, vous voyez bien que cette pauvre fille est terrorisée. »

Le tissu se détacha du visage de Stella. Un moment, l'appareil à pointes capta son attention. Elle releva la tête, pour voir si la boîte s'était ouverte. Le mieux qu'elle pouvait faire était de surveiller, dans le miroir, le reflet de son corps blanc.

« Respirez profondément, Stella. Votre rythme cardiaque s'est emballé.

— Qu'est-ce qu'il y a dans cette boîte ? demanda-t-elle.

— Oui, reprit le colonel, qu'est-ce qu'il y a dans cette boîte ?

— Il s'agit d'un pistil sexuel que nous avons cultivé par bouture. Il va retrouver Stella grâce à ses capteurs olfactifs, puis la pénétrer exactement de la même manière que le ferait un Converti. »

Stella croisa le regard du colonel.

« Est-ce que ça te va, Stella ? Je ne vais pas autoriser cette expérience sans ton accord. »

Stella regarda la boîte noire. Malgré sa taille, elle bougeait. Le membre qu'elle contenait semblait furieux. Dès que le pistil sortirait, il n'y aurait aucun moyen de le retenir. Elle se raisonna. Orion avait deux pistils, et tout un groupe de tentacules avec lesquels il lui avait fallu lutter. Cette fois, elle n'aurait qu'à se concentrer sur ses réactions, contrôler sa respiration, maîtriser ses orgasmes.

« C'est bon. Je suis prête.

— Bravo, dit le docteur. Tu es très courageuse, je te félicite. »
Il se tourna vers l'infirmière.

« Alissa, veuillez procéder à la lubrification. »

L'infirmière ne pouvait que constater à quel point elle était déjà mouillée, mais elle n'en dit rien. Stella parvint à garder un visage composé malgré les doigts qui la chatouillaient de l'intérieur, mais les « bips » de l'appareil trahissaient son excitation. Des carholos affichaient l'état de tous ses mécanismes internes. La moindre variation de tension était clairement indiquée. Elle ne pourrait rien cacher à Leyland

L'infirmière s'appliqua avec soin, ralentissant ses mouvements chaque fois que Stella s'emballait. L'opération s'éternisait.

« Te sens-tu assez lubrifiée ? demanda le docteur.

— Encore un peu, s'il vous plaît. » Plus elle serait lubrifiée, et moins le pistil serait stimulant.

Ses jambes ouvertes pointaient vers la boîte, bien sûr, mais aussi vers le miroir derrière lequel les internes étaient installés. Pour tâcher d'oublier tous ces regards indiscrets, elle se concentra sur le colonel.

Craggs observait attentivement le travail d'Alissa. Le spectacle ne devait pas lui déplaire, mais il semblait tout de même inquiet pour elle. Le rythme des « bips » ralentit un peu.

« Alissa, éloignez-vous, s'il vous plaît. » Le docteur, de ses doigts gantés, entreprit de vérifier la lubrification lui-même. « C'est parfait. Nous allons procéder. »